古耳区纪实

邵宇翾 著

天津出版传媒集团

百花文艺出版社

图书在版编目（ＣＩＰ）数据

古耳区纪实 / 邵宇翾著. -- 天津：百花文艺出版社，2023.9
ISBN 978-7-5306-8599-0

Ⅰ . ①古… Ⅱ . ①邵… Ⅲ . ①幻想小说-中国-当代
Ⅳ . ①I247.5

中国国家版本馆 CIP 数据核字(2023)第 153223 号

古耳区纪实
GUERQU JISHI
邵宇翾　著

出 版 人:薛印胜
选题策划:汪惠仁　　　　　　**编辑统筹**:徐福伟
责任编辑:齐红霞　　　　　　**特约编辑**:王亚爽
装帧设计:丁莘苨
出版发行:百花文艺出版社
地址:天津市和平区西康路 35 号　**邮编**:300051
电话传真:+86-22-23332651（发行部）
　　　　　　+86-22-23332656（总编室）
　　　　　　+86-22-23332478（邮购部）
网址:http://www.baihuawenyi.com
印刷:山东临沂新华印刷物流集团有限责任公司
开本:880 毫米×1230 毫米　　1/32
字数:165 千字
印张:7.625
版次:2023 年 9 月第 1 版
印次:2023 年 9 月第 1 次印刷
定价:58.00元

如有印装质量问题,请与山东临沂新华印刷物流集团有限责任公司联系调换
地址:山东省临沂市高新技术产业开发区新华路 1 号
电话:(0539)2925886　邮编:276017

目 录

第三部分

第四部分

尾声

第一部分

一、内核谋杀案

2050 年，我刚满二十岁。整个 7 月，我待在古耳区法院，给我表大姨妈陈法官做实习书记员。除去打字记录各人言辞之外，终日无所事事。唯一的便利是，在我不当值的时候，可以旁听各种离奇的开庭，为将来写小说积累素材。我从小学起，就坚信自己某日一定可以成为作家。在别人纠结是上北京大学好还是清华大学好的时候，困扰我的问题是，究竟是写科学幻想好，还是现实主义好。后来上高中的时候，化学、生物和物理三座大山压得我喘不过气来，因而被迫转向文科。自此我的困扰却迎刃而解：想写科幻也写不成了，科幻和我半毛钱关系都没有了。直到我读到马尔克斯的《百年孤独》，那书精妙绝伦，让我只想猛拍自己额头，敢情现实主义还可以这么写，照此路子我定也可以成为一代魔幻现实主义大师！我承认当时我熬了太多夜，已然立于神志不清的边缘。清醒以后发觉，脱离了动物疯长、人闲无事的阿美利加大陆，魔幻在我生长的地方几乎无法生存。我的父老乡亲们不论经过多少年月，不论经济腾飞到什么盛况，从本质上讲始终都是务实本分、勤劳致富的庄稼人。在这片土地上，浪漫可以盛行，苦难也可以流传，唯独那种不着边际的想象起飞不了几步，就非得坠入现实主义的大坑里。

我曾经把我的这种言论和一个文友分享过一次，他对此嗤之以鼻，说，前两年特别火的那××作家，不就是号称东方的马尔克斯吗？

我说，那就是放狗屁，先写点童年纪事，最后狗尾续貂安一个脱离现实的结尾，那可不叫魔幻现实主义。

他对我的回应也嗤之以鼻，甚至上升到了人身攻击，他说，你一个打字员能懂个狗屁？

我没再说话，心想，怎么现在是个人都喜欢说"狗屁"，搞得我自己一点也不特别了，我得再想个精妙绝伦的替换词出来。

不过我想他说的至少有一点是对的，我只是个小小的实习打字员。直到2050年，经济、科技腾飞，人工智能满街横行，而朴素的工种（例如打字员、外卖小哥）仍然存在，这说明国家在解决就业问题的时候是煞费了苦心。如何平衡科技进步与人才下岗之间的矛盾，这个议题我只是想想就头疼不已，而数不胜数的学者、社会工程师苦思冥想几代，终于给我们这种小人物匀出了一方立足之地——关乎国运的行业，自然是要使用顶尖的科技，和世界上任何一个国家相比都必须不逊色，而对于大众的立身之本却不能轻举妄动。换句话说就是，像我们这种缺乏头脑的小人物，再也无法为国家做什么贡献，反而要国家出力保我们的饭碗，这使得我们不必太拖精英的后腿。刚认识到这一点的时候，普通青年们不免一时失意。但对此我始终保持乐观,至少我还有文学作为毕生所爱。

7 月 15 日的时候,我本不当班。

奈何当天的书记员小刘突然拉肚子,我表姨妈临时 call 我回去救场。我一方面喜欢这种救人于水火的侠义精神,另一方面整天泡在法院真的无事可做,于是二话没说就答应了。就是这样一个机缘巧合使我遇见了黎喜雁。

当天黎喜雁的案子开庭是不对外界开放的,所以只选用了一个小型法庭,和解决离婚纠纷所用的那种差不多。出席的只有被告黎喜雁和黎喜雁的母亲黎桂平女士,还有古耳区内核事务管理中心(以下简称核管局)的几位工作人员。其中一位女士顶着一头染成灰蓝色的秀发,我刚进门的时候被她吓了一跳,我还以为自己撞见了一丛鬼火儿。

——哦,我忘记解释一点!原谅我一时大意,竟忽略了核管局目前还只是古耳区独有的管理服务机构。顾名思义,其负责管理与居民内核相关的事务,并提供技术支持。至于所谓的“内核”,也许你已经听说过这个概念,也许对它仍感到陌生,甚至疑惑不解,但相信我,不出五年你也一定会拥抱这项新时代的伟大发明,并且不可救药地爱上它。我知道你一定会问我,所谓“内核”到底指的是什么。这其中具体的科学原理实在太过复杂,几代科学家为之奋斗多年,而且研究尚在继续。我只能把我现下最粗浅的理解讲给你听,余下的到时候你便知道了。简言之,“内核”其实是一种极为微小的、可被注入人类大脑之中的芯片。这枚芯片可以随时随地对主体的“情绪值”

进行追踪,一旦发现主体出现紧张、焦虑、抑郁等无法克制的不良情绪,内核芯片便会稍加干预,以使主体的精神状态重回理想水平。可能你马上又会被新的问题困扰:这枚芯片到底如何干预人的精神状态呢?那么这就不得不提到整个内核技术中最令人叹为观止的部分了——皮皮。

我的皮皮是一只血统纯正的金毛寻回犬,骨骼健壮,长相讨喜。但你不要误会,皮皮并非一只真正的狗,而是一只被注入我头脑之中,只有我可以看得见、摸得着的,单属于我自己的内核。每当我感到心情不快、压力骤增的时候,皮皮都会在第一时间给予我安慰。我可以抚摸到它。当然,它也会说话,而且时不时它说出的话还颇具有些哲理韵味。但你别误会,这并不意味着它本身真是个智者,也绝非什么人工智能。如果非要我给它下一个定义……我想,它更像是世界上的另一个我。虽然是以虚拟的狗的形态被表现出来,但本质上它来自我的大脑。总而言之,内核技术一点也不像有些传言里所说的那样,是一本"被注入人脑的心灵鸡汤大全"。反之,我想内核技术的最宝贵之处就在于,它充分调动人的主观能动性,通过人和内核对话的形式,促成人的自我疏导。换句话说,每个人都可以成为自己的心理咨询师。

古耳区有幸成为内核技术的首个试点区域。在此的每一位居民都拥有一个专属于自己的内核。除此以外,古耳区政府还批准了内核技术作为辅助治疗抑郁症、焦虑症、强迫症、神经衰弱、双相情感障碍等心理和精神类疾病的常规手段。患者的内核数据可以即时上传医院联网,有助于医生监测、诊病。我记得前两天古耳区的新闻里还提到,内核技术有望在不久的将来,实现对自闭症等发育障碍的辅助治疗。随着社会的高速发展,医疗技术的日趋成熟,精神心理类疾病几乎成为困扰当代人健康生活的头号劲敌。但我想这个问题马上也会迎刃而解。毕竟古耳区成为试点以来,区域内自杀率直线下降,几乎清零。在今年年初对全体居民问卷调查中,百分之九十五的居民对当下生活状态"感到十分满意"。我想,这便是我们所生活的内核时代——不可思议的新时代!

说回到庭审现场。

我表姨妈陈法官担任这一案的审判长,坐正中间,旁边的两位陪审员,左边一位黑色小卷发的是曾大姐,早些年从××街道居委会升上来的。右边男士我从来没见过,姓张,约莫五十岁,身形较瘦但挺拔,头发尚且茂密,长脸,法令纹、抬头纹都深如河道。如果远看,他整个人兴许能显得年轻一点。听闻他是内核技术部门的科学家、工程师,估计是醉心科学,从不保养的吧。

等到他们三个都依次坐下了,我才入座。我的位置在他们三位的正前方,也就是说我每次打字,都非得在他们三位的注视之下不可。刚来实习的时候我对此感到万分别扭,有如小时候上考场,监考官非要赖在我身边不走一般,那时候我的做法是立马停笔不写,僵持一段时间,监考官也拗不过我,只能悻悻离开。如今不能这么做了,我却自己慢慢习惯了身后殷切的目光,我才发现原来这世间事没有什么是人不可能适应的。

等我坐下,调整好电脑之后,我表姨妈使劲咳嗽了三声。保安是个极有眼力见儿的小伙子,赶紧给递上来几瓶矿泉水。但我知道这串咳嗽和水没关系,而是我表姨妈和书记员之间约定好的暗号。咳嗽三声,代表此案件较为棘手,需要严肃处理。严肃处理的方式倒也简单,就是我们把电脑调到人工智能频道,屏蔽键盘输入功能。书记员只消装作打字的样子,实际内容全部由人工智能操作。第一次听说此操作的时候,我倍感羞辱。可后来眼睁睁看着电脑自动输入,与现场众人所述无半点出入,我也只能心服口服,乐得自在。

我于是一边装作打字,一边四下打量。被告黎喜雁坐在底下,一言不发,只低着头抠自己的手指甲玩。我说不准,估计她二十五岁上下,看形体早年间应该也是个微胖女孩,她穿一件中长袖的白色上衣,周身不胖但看出有肉。如今不知为何面色惨白、嗷腮、眼窝深陷,像个白骨精的脑袋安在了良家妇女身上。

姓名:黎喜雁。

籍贯:××市,古耳区,……

我看见电脑屏幕上飞快地显示出这些信息。

年龄:二十七。

果然,我猜的很接近。

因涉嫌蓄意谋杀内核,于 2050 年 6 月 25 日,被核管局拘留、起诉。

我的眼珠子马上被固定在"谋杀"两个字上面。一个年纪轻轻，还挺好看的小姑娘，为什么会和蓄意谋杀联系在一起？我想起以前旁听过的古耳区某女杀夫案，那是个四十多岁的女人，因为忍受不了丈夫常年家暴，终于拔出了刀子。那案子使我很多天没睡好觉，我对女人产生了一种既非怜悯也非认同的复杂感情，我开始认为女人是绝不会主动掏出武器的，除非被逼入绝境。但很快我又对自己的自大产生了十足的羞愧，我为什么可以仿佛高人一等，对"女人"这个群体指手画脚呢？到这儿我发觉自己也许是个真正的女权主义者。

这些都不是我要讲的。

我真正想问的是，坐在我眼前的这个看起来本该无忧无虑的小姑娘，为什么也会走投无路而入谋杀之境呢？居然说是谋杀内核。那么她究竟杀了谁的内核？等等，我忽略了很重要的一点。人类的内核难道不是一种虚拟的物态？它怎么可能被杀死？

这个时候核管局的一名男性工作人员站出来指证，他将担任本堂的检察官。

2050 年 4 月 30 日，被告黎喜雁曾因虐待、伤害 5004407 号内核，被核管局逮捕，后经其母亲黎桂平女士保释出狱，获判学习改造六个月，以周为单位向核管局提交心得体会，未经批准，不得擅自离开古耳区。

2050 年 6 月 23 日，被告黎喜雁仍处于学习改造期间。当日早晨 6 时 25 分，其母黎桂平出门买菜，发现防盗门大开，黎喜雁不知所终。

黎喜雁所佩戴的内核追踪器（注：一种外戴的胶质细手环。我记得根据《内核使用守则》所写，佩戴内核追踪器其实并不必要，它只用于当前的试点时期。一来可将体内芯片的部分功能转移，分担压力；二来为了软件升级的便利，等到日后技术完全成熟，追踪器和体内芯片可合二为一。我想"内核"就算彻底与人类生理结构融为一体了吧。但是当下内核设计院（也就是负责设计研发内核的机构）也充分考虑大众需求，将追踪器手环做得无比小巧、美观，而且可以自选颜色、样式，每逢节日还有特别限量款推出。）在楼下社区花园的草丛中被发现，被发现时已被恶意破坏，其中芯片被折断。

黎桂平马上联系核管局。经过一系列的实地调查及数字模拟化分析实验，核管局认定5004407号内核是被蓄意谋杀。嫌疑犯黎喜雁在逃。

2050年6月25日上午8时许，核管局外勤人员连同车站人员，在从古耳区到卫星三洋区的磁悬浮列车上，抓捕到嫌疑犯黎喜雁。

这个时候墙上的投影幕布被拉下来，一张硕大的照片被投了上去。核管局的检察官说，此照片为5004407号内核被杀的3D复原图。

触目惊心。

我看到一个大约五岁的小女孩，留着齐刘海儿波波头，小脸胖乎乎圆滚滚的，眼睛却永久地闭了起来。她平躺在深褐色的木地板上,神色平静,身上还穿着鹅黄色半袖连衣裙,白皙的手臂收放在身体两侧。如果不是因为右手手腕清晰可见的五六条血印,没有人能想到这个小女孩已经前往另一个世界。

割腕。5004407号内核的主要死因。

我立马感到胸口发闷,喘不上气,痛苦万分。我第一次得知,原来内核也会流血。那么也就是说,可能内核也会感受到和人类一样的痛苦?如果真是这样……

这时候,始终卧在我脚边的皮皮站了起来。它把前爪搭在我的大腿之上,劝慰我道,不会的,我并不能感到痛苦。我这才稍稍松了一口气,在心里小声问皮皮,那么小女孩为什么会流血而死?皮皮打了个哈欠,懒洋洋地说,这我也不清楚,此事蹊跷得很。

我走神良久,双手不自觉地忘记了假装敲字。

忘记说明了:在我们专心于外界事物的时候,是根本看不见内核形态,也听不到它的声音的。只有在茕茕孑立、形单影只之时,内核才能像个灯神一般幽幽出现,带给人以无限慰藉。而当下,在众目睽睽之下我居然听到了皮皮的声音,这也就说明,我走了一个天大的神!

——果然表姨妈在我后面使劲咳嗽了一声。我赶紧回到现实世界中来。

听到咳嗽声,核管局的工作人员连忙解释道,对,内核本来是以电波形式存在的,我们的设计宗旨是,仅使得内核的拥有者看到其拟人(物)态形式,以最大程度减小对日常生活的困扰。但当下为了举证,我们才不得已将内核被杀的状态还原成像,让所有人都可以一目了然。

表姨妈说，嗯，非常周到的考虑，请继续。

这个时候我看到黎喜雁的母亲黎桂平开始偷偷抹眼泪了。这也很正常，我这个毫无关系的陌生人，看见这样的照片都不免觉得悲痛万分，更何况一位母亲，看着被残忍杀害的年幼女儿呢？

——这也是需要解释的一点：正如我之前所说，古耳区每位居民都拥有一枚属于自己的内核，平日里可撸可 rua（网络用语，其含义近似于摸、揉、捏等），可与之对话，甚至游戏，不亦乐乎。而内核的表现形态也有多种选择，小狗、小猫、小耗子，甚至蜥蜴、乌龟、宠物蛇。至于我的内核皮皮，它是更为特别一点的存在。金毛犬皮皮（我是说真正的皮皮）本是一只与我相伴十二年的宠物狗，于六年前去世。之后的某一年春节，内核设计院推出了一次限量定制的活动。我将宠物狗皮皮的相片和视频上传给内核设计院。他们在三天后，为我塑造出了简直一模一样的内核皮皮来。如此人文关怀，令人感动不已。

但另外一方面，我诧异于被告黎喜雁竟然将内核设置为了童年的自己！在定制皮皮的时候，我的确注意到宣传页面上写明，也可提交自己童年的形象，力求弥补缺失的童年。我当时还与几个朋友一起讨论。大家普遍认为将一个小号的自己带在身边非常古怪，乃至有点变态。尤其是在如厕沉思或者同人做爱的时候，若是有一双人类的眼睛在隐秘的角落死盯着你……怎么想怎么诡异得紧。因而，我们认定这项"童年形象复原"功能虽然新奇，却实在鸡肋。可现如今竟然真的有人选择使用这项设定。

更重要的是，她谋杀了童年的自己。

核管局工作人员说完话以后，没有人想要马上接话，我也不用装作打字了，全世界安静得像是沉入水底，静得就只能听见黎喜雁"咔咔咔"抠指甲的声音。是的，她还在玩指甲，连眼皮也不抬一下。我仔仔细细地打量着她的瘦脸，这究竟是一个什么样的女人呢？

看得久了我身后生出丝丝凉意，我扭头瞟了一眼表姨妈，果然她也正满怀敌意地盯着黎喜雁看，就像她平日里在饭桌上盯着她的儿媳妇看一样。我虽然觉得黎喜雁这个女人有点恐怖，但是内心又产生了一种莫名其妙地怜悯。在我表姨妈如此注视下，此案她恐怕是凶多吉少。

我时常对女人产生复杂的情感，甚至连一个杀人嫌疑犯，哦不，杀核嫌疑犯，都不能例外。这也使得我表姨妈断言，我日后必定是个妻管严的废物。我只能在内心反驳，为什么妻管严就非得是废物不可？难道不能说我们尊重女性？但这句话我咽了回去，毕竟我还得靠着表姨妈吃饭。所以我通常只能在饭桌上，用眼神向我可怜的表嫂传递去隐约的同盟之情。

这个时候黎喜雁的母亲黎桂平站起来说话了，她使劲揩了一把鼻涕眼泪，这让我觉得她是个刚强的女人。

　　黎喜雁，于十六岁被确诊双相情感障碍，具有九年的服药史。

　　近期被其母亲黎桂平发现私自停药。

黎桂平女士哽咽着说，我女儿一直按时服药，但因为最近她又遭遇了一些事情，才会发生这样的……悲剧。

我看见黎喜雁正斜着眼死死盯住她母亲看。

表姨妈问，什么样的事情？请证人明确。

黎桂平支支吾吾地说不出来。

黎喜雁却用鼻子使劲哼了一声，像是在冷笑。

表姨妈第一次在堂上说了"严肃"，这让我觉得她像是旧时衙门里的青天大老爷，只缺一块惊堂木。

黎桂平终于小声说道，她的未婚夫出轨了，和那个贱……和另外那个女人一块离开古耳，去了……

去了三洋，我想，黎喜雁是去三洋找那对狗男女算账的。一个患有重度双相情感障碍的女孩，做出这样的选择也不足为奇。还有一种可能，没准儿她真正想杀死的根本不是自己的内核……如若果真如此，只是想想就使人冷汗直流。

黎桂平果然说，他们去了三洋区。

我在心里打了个响指。没错，这样就完全说得通了。

二、浑蛋皮皮

她叫黎喜雁，我摸着皮皮的头说，很奇怪的名字。

皮皮摇摇尾巴，把后腿一盘，转身坐下，大屁股全部压到了我的胸口上。

我说，请把你的肥屁股挪开，好吗？我快喘不过气了。

皮皮却将上半身也趴下去，像一张名副其实的狗皮膏药。然后它咳嗽了一声，用它特有的像电流又像暮年一般的声音怏怏地说，别装了，我们都知道我根本没有重量。

我把皮皮的尾巴揪起来，放到手中把玩，说，这也正是我认为你最精妙之处，虽然你一点重量都没有，虽然你完完全全是假的，但是你的毛发竟然这样逼真，我摸起来真的有一种酥酥麻麻的感觉。

皮皮说，那种感觉其实是电流，理论上讲你的大脑在微量触电。

我说，那么他们是如何将电流仿真为真实的触感呢？

皮皮说，这世界上万事万物都是什么东西弹弦子（显然皮皮还不能理解"弦理论"的真正奥秘。当然我也不能。我只是偶然在一本书中瞥到了这个定理，具体也没有细读。没想到仅是仓促一瞥，便能被这浑蛋皮皮搬过来卖弄口舌。）产生的虚幻的物质，也就是说，组成你身体的那些震动的琴弦，与组成我身体的微弱的电流运动，实际上来说没有任何的区别。

我说，你真是我见过最聪明的狗，是他们把你设计得如此精妙又博学，还是因为你是我的狗，才这样精妙博学的？

皮皮打了个响鼻，舌头耷拉出来，快垂到地板上了，像是要睡着。

我说，你不回答我，我也全明白。我理应是十分博学的那种人，因为我的脑容量绝对够用。我至今没有做出什么巨大成就的原因，首先是我生性懒惰，却纵情于故事，这世间的任何物质、科学、真理，在我看来都没有故事来得伟大。虚假的力量永远凌驾于真理之上。尤其是当你熟知所有的真实之后，再创造出来的那种虚假。

皮皮不耐烦地说，别说了，我不想听。

我想内核存在的第一大功用就是为我（人类）提供慰藉，从这一点来说，皮皮是这世界上唯一一个真真正正为我而活的人（或是狗，或是内核）。于是我继续说下去，其次则是因为我没有途径或者渠道，你懂吗？一个人要想做出什么感天动地的大事，非得处于一个特定的场合不可。有钱的人可以通过金钱把自己放到那个场合，极其美貌的人可以用美貌来交换，再或者你站在时代的风口浪尖上，风口浪尖也会把你推向那个场合。可我什么也不是，我永远到不了那里。

我觉得自己的话太深奥了，皮皮肯定听不懂，但我不知道为什么，它却没头没脑地来了一句——只有一点需要澄清，我并非假的。

我没听明白它在说什么，回应道，没有人说你是假的。

这时我表嫂来喊我吃饭——我可以分辨出是她，因为在我表姨妈家里，她是唯一一个在进门前会温柔敲门的人。这说明她是一个顶有教养懂礼貌的人。但从另一个角度来说，她也必须敲门，因为她是这个家里的"外人"，而我也是"外人"。只有外人与外人之间才需要这些教养来做润滑，好避免骨头撞骨头的尴尬。

我本来瘫在床上，丝毫不想动弹。但听到她的声音，立马弹坐起来，高声回应道，就来，就来！

浑蛋皮皮冷嘲热讽地说，看你那副贱样子。

我把拖鞋取下来，砸到它的圆屁股上（虽然我知道这样一点用也没有），说，你懂个麻袋（我本来要说"狗屁"，但鉴于皮皮是只臭狗，它有可能真的懂。不过如此我倒真有点沾沾自喜，觉得自己找到个不错的替换词）。

我开门就看见表嫂小橘灯一般的笑脸。我不明白为什么每次看到她，我都会想到这个意象。她说，快过来吃饭，今天有你喜欢的烧茄子。

我说,好,谢谢嫂子。

她说,那你快些来,我去把汤弄好。

我连忙点头。

快离开的时候,她又温温柔柔地说,别总和内核说话,多看书,快司法考试了。

我回头正看见浑蛋皮皮流着口水的胖脸,突然一下子觉得有些羞愧。我赶紧低头说,知道了,吃完饭就马上看。

等到表嫂离开,我才醒过神来,为什么表嫂总和我说,不要和内核说话?内核的意义不正在于此吗?在表姨妈家里,几乎所有人都默认我生性敏感、略带忧郁,完全属于文学家那类的,因而时常鼓励我多与内核沟通,以寻求内心的祥和。

唯有表嫂不同。

说回到我表嫂,我一直好奇她的内核究竟是什么样子的呢? 尽管看不到其他人的内核,我却往往可以通过人们与其内核互动的动作和表情来大概判断。比如经常谄媚地笑或是不经意间做出拍屁股动作的,通常是猫奴;爱捋自己脖子的,通常他的内核是蛇,甚至我能想象那大蛇就正盘在那人的脖颈上。除此以外也有一些匪夷所思的,比如我们法院的保安小王,时不时就要用手指戳他眼前的空气,外加傻笑。我有一天实在忍不住了,就问他的内核到底是个什么玩意儿。他说,蜗牛,蜗牛是他此生挚爱。

我唯独想不到表嫂的内核是什么。她从来不喜欢和内核有太多互动。不互动也就罢了,她又劝我离内核远一点,到底什么意思?

我表姨妈的内核肯定是只兔子。我曾经不止一次见过,她背着别人蹲在墙角，撸她的兔子耳朵玩。这让我觉得表姨妈庄严肃穆的外表下，也许仍有一颗属于少女的心。但这样的内核我们是永远不会光明正大地看到的，她在饭桌上就只会像个封建大家长一般呼呼喝喝。比如，金喆（我表嫂的大名），去把这个菜再热一下。要不就是，苏永浩（我的大名），够多了，别再吃了。什么样的人才会在家里直呼他人大名？什么样的人才会阻止别人多吃一碗饭？我想她就算是只兔子，也一定是只披着凶狠狼皮的兔子。

我虽然认定自己是个真正的女权主义者，但在我表姨妈这件事情上，我也只能认为，这里急需一个表大姨父在家里镇住她。只可惜表大姨父在十年前因工伤去世了。现在回想起来，他当时好像也在内核设计院做设计工作，这样一个岗位，按理说是怎么也不会和"工伤"挂上钩。但当时他确实死于作业期间的心肌梗死，基于他常年多油多盐多碳水的饮食习惯，倒勉强说得通。我表姨妈丝毫不曾怀疑，她甚至时常以此训诫我，苏永浩，你再多吃一碗米饭，明天就去找你姨父吧。

表哥通常会出来打圆场，他用列车员专属的大嗓门说，妈，你又胡说八道什么？

我表哥是一个一米八三的古耳区大汉，仪表堂堂，貌比潘安，曾经连续三年蝉联他们铁道部门"道草"的荣誉称号，而且是跆拳道黑带选手，曾在车站徒手制服一名带刀悍匪。然而出乎意料的是，他的内核竟然是一株含羞草。在一个炎炎夏日的午后，我曾目睹他一个人坐在阳台上，畏畏缩缩地伸出一根食指去触摸眼前的空气。我看呆了。后来我才知道，他害怕一切长毛、会动的生物。

这个时候我重新想到我的表嫂，那么属于她的内核，到底是什么呢?

苏永浩,苏永浩。恍惚之中我听见有人竟敢直呼我的名讳。再一抬眼,我发现表姨妈的筷子已经快戳到我脑门了。

我立马低三下四地问,怎么了姨妈?

姨妈说,我跟你说话你也听不见了,又聋了?

我说,嗯?

我表哥插话,刚她在说你们开庭审理内核那事呢。

我纠正,不是审理内核,而是……

表哥打断了我,说,不就是那么回事。

我表姨妈仍旧用筷子指着我说,两天之后二审,还是你来做书记员。

我立马答应说,好。

她说,这件事情内核几处那边特别重视,不想让其他人再插手了。

我又说,好。可是又突然醒过味来,问,不对啊姨妈,这案子没有结吗? 嫌疑人不是已经承认有罪了吗?

我想起今天下午的黎喜雁。轮到她发言的时候,她很不情愿地把两手放下去,慢悠悠地站起来。眼睛很迷离、不聚焦,也不知道她是在望向我表姨妈,还是表姨妈身后的高墙。但我发现她的声音也出奇的好听,是那种带着磁性的不太尖锐的女声,很配她自己的形象。她说,是的,我厌恶当下的生活,所以我就杀了那玩意儿。

检察官很激动地站起来,说,你因为个人情绪,拒绝服药,故而用家用菜刀,对 5004407 号内核实施残忍谋杀,你承认吗? 她说,是这样的。检察官说,实施谋杀之后,你又故意损毁内核追踪器。黎喜雁说,是的。检察官说,之后你打算潜逃至卫星三洋区,你认为这样可以逃避核管局的制裁?她说,你说对了。检察官说,如此说来,你倒是对自己谋杀内核的罪名供认不讳? 黎喜雁笑着点点头,那表情丝毫不像是认罪,倒像是接受某种表彰。

检察官最后说,尊敬的法官大人,我没有问题了。

接着我表姨妈发话,既然嫌疑犯黎喜雁已经供认……

这个时候,坐在表姨妈右边的那个张姓陪审员突然说话,他说,你是怎么将内核杀害的?

黎喜雁仍然微笑着看向前边,什么话也不说。

张陪审员却突然激动起来,说,请你详述作案经过。

她说,检察官之前不是已经说过了? 既然已经可以把我定罪了——后半句话黎喜雁都懒得说出口,是的,既然已经可以定罪了,谁会在乎具体的犯罪经过呢?

张陪审员腾地站了起来,就要往庭外走,他边走边摇头,说,不可能的,我们之前已经预想到这种情况了,内核刀砍不了火烧不了,怎么可能有人可以杀死内核?

表姨妈小声劝道,陪审员,请您坐好。

张陪审员却一边踱步,一边喃喃自语,说,怎么可能呢? 这其中一定有什么问题。

表姨妈实在制止不了,只好赶紧敲了休庭槌。

表嫂把汤碗递给我,问,内核怎么还能构成犯罪呢?

我刚要解释给她听,却斜眼瞟见表姨妈,正恶狠狠地瞪着我,示意我闭嘴。我自我安慰,大概是出于内核事务保密的考量(但是目前为止,还没有人叫我签署什么保密条款)。

表嫂不再讲话。

可不是吗,匪夷所思。我表哥却大嘴巴说,当时核管局有个小胖子联系了车站,叫我们站马上组个搜索小队,不动声色地找到这个女人。后来你猜怎么着,这个女疑犯竟然是小刘给拿下的。小刘你们还记得吗?我跟你们提过,就是那个有一次把自己给掉进轨道里的那个傻小子。竟让这臭小子立了一功!

我像名侦探一样说,那车是去三洋的。

表哥用食指敲了一下餐桌说,完全正确。可是他脸色瞬间又严肃起来,不过有一件十分匪夷所思的事。

我问,什么?

表哥说,据小刘说,那女的一上车他就注意到了。他通知了几位列车员,几个人一路监视,打算列车到站的时候,再开始行动——避免制造恐慌嘛。结果下车以后,他非说自己打老远看见站外边有一个男的,明显是要来接这个女的。他本来想着先不轻举妄动,可结果那男的跟他一对上眼神,立马拔腿就跑,一会儿就无影无踪了。

我揪出了这话中的漏洞,你说是"打老远看见"一个男的,那小刘怎么知道那就是接黎喜雁的?

表哥一拍桌子,说,对嘛,我也这么和他说的!你怎么确定就是接这个女的?可能完全是你自己疑神疑鬼。而且就算你报告了,一点证据也没有,身高长相你也记不清,等于没看见一样。对不对?但小刘原话是,那个男的阴得很,看眼神就不像个好人,警惕性还高,要不然他跑什么？

我说，对。

但我想的是，这事不对。据黎喜雁她妈交代，黎喜雁打小是在古耳区长起来的，一个三洋区的朋友都没有。庭上检察官也问过黎喜雁，为什么要去三洋区？黎喜雁说，那趟车最近。我心想，扯淡，肯定是去找未婚夫算账。可是既然是算账，那么为什么会有男人在三洋接应她？如果列车员小刘所说属实，那个男人又是谁？

表姨妈"吧嗒"一声将碗筷撂下，也把我拉回到现实世界。

我问，您觉得二审我们的方向是什么？

表姨妈说，核管局那边没问题了，但是内核设计院不干了，追上来非坚持二审。

我说，为什么呢？

表姨妈说，他们得知道内核被杀的详细经过，好完善技术漏洞——毕竟这种案子是第一起。

嗯，我想，这是个好问题。

皮皮始终卧在我的脚下，我时不时踢它一脚，就能感觉到它肥嘟嘟的身体和软绵绵的狗毛。但是每次我想要揍它，就会立马产生"这一切不过是虚幻"的感觉。被设计好的内核，只能够对良性、正常的互动产生反应。那么黎喜雁怎么可能把刀插在内核身上？内核怎么可能被谋杀？

三、二次庭审

第二次庭审黎喜雁杀核案，出庭的仍是那几个人，只是后排多出来了四位内核设计院的工程师。他们人手两台电脑，屏幕阴森森的冷光，照射得他们自己也同机器人一样。他们手指疯狂地敲动键盘，如临大敌一般，发动着无情攻击。其中一位工程师，还具有高频抖腿的特殊技能，这让他们那一排座椅整个都咯吱咯吱地摇晃起来。我觉得胃很不舒服，产生一种晕船的感觉。

我赶紧看向黎喜雁。她换了一件墨绿色的开衫，嘴唇涂成鲜艳的红色。她这次不再抠自己指甲了，只是安安静静地坐着，一动不动地盯着前方的地板观看，像一株开得有毒的植物。

我表姨妈陈法官仍然坐在中间，但主审人俨然变作右手位的张陪审员。张陪审员腋下夹着个档案袋，匆匆走到他的位子上。他屁股还没够到椅子，也不等我表姨妈宣布开庭，就立马发问，黎喜雁，你来说说吧，到底是怎么一回事。

黎喜雁把脑袋仰起来。糟糕，我怎么觉得她倒像是在盯着我看了。我赶紧把目光从她身上移开，扭过头装作看陪审员的样子，但我知道为时已晚。一个优秀的猎人，是万万不能让猎物发现自己的注视的。

见黎喜雁始终沉默，张陪审员等不及又开口了，他说（但他更像是对自己或是他的科学家团队说），如果我们要解决杀死内核的问题，那么在这之前我们不妨先去解决虐待内核这另一个问题。

这时后排四位科学家团队开始叽叽喳喳热烈地讨论起来。隔得太远，我听不清楚他们说什么，偶尔听清一两个字，但这也更让我认识到即使听到了什么我也丝毫不会明白的。我再次扭头看向我表姨妈——在这种最应该敲响惊堂木的时刻，她却沉默不语了。不过也没有办法怪她，此案为涉及内核死亡的第一个案例，既没有法条可援引,也没有先例可模仿。非但没有古人,而且我们众人的一举一动还都将被后人作为案例来研究。如今最可以依赖的,也就只有这些科学家了。

我表姨妈见讨论声减弱,清清嗓子开口道,请三号证人详述嫌疑人黎喜雁涉嫌虐待内核事件的始末。

这时候一个戴眼镜的小胖子腾地站了起来,接下来他用漫长的半个小时,给我们讲了个不错的故事,只可惜他讲故事的时候鼻孔随着一张一合的,像两个精巧的黑洞,我看着看着就仿佛要被吸进去一般,差点就要睡着了。如果不是因为这个,我想他有很好的讲故事的天赋。

以下是我根据小胖子方方所述,记录下来的故事:

2050 年 4 月 29 日夜晚,核管局三处的方方值夜班。那日天气不错,月朗星稀,独独没有乌鹊南飞。方方觉得心情不错,于是戴上耳机听了一会儿古典音乐。(注:我个人觉得戴耳机能听古典音乐的人才可称为真正的"高雅"。)大约二十分钟之后,他注意到自己辖区的内核监管器开始低声报警,有如小鸡啄米一样的"嘟嘟"声。这声音很陌生,起初他认为是机器故障,于是叫了后勤保障部的同事前来修理。后保部的技师检查之后,认为并无错漏。方方这个时候开始坐不住了,他虽然刚入职,没有太多的经验,但以自身敏锐的第六感,他认定此事绝不简单。他做了一个极为正确的选择——立刻向总局打报告,为本案争取到了最宝贵的三十分钟的时间。总局通过远程定位,发现该报警内核正位于××小区××楼××栋××号,也就是黎喜雁的家中。

　　核管局三处人手短缺，当夜值班的只有小胖子方方和另外一位五十五岁临退休的大姐。于是方方当机立断，向总局简单请示过后，马上带领外勤小林，亲自前往××小区进行调查。当天夜里十二点半，他们见到了黎喜雁，以及被她损毁的内核追踪器。损毁方式与本案基本一致。

　　黎喜雁听到这里的时候，突然笑得不可自禁，她一边笑一边说，他说得一点都没错，我记得当天的月亮跟个小蛋黄似的，把周围一圈的云都照成个煎鸡蛋——这是我自开庭以来，第一次听见黎喜雁这么主动地说了这么多话。果不其然，又被我表姨妈马上给敲了"肃静"槌。

　　因为当时内核追踪器被损毁，方方没办法检测黎喜雁的内核状态，只好临时申请了逮捕令，将黎喜雁连同其内核追踪器全部带回核管局三处。通过对内核追踪器的修复，转天清晨，核管局发现黎喜雁所拥有的5004407号内核，活跃状态极其糟糕。

　　这个时候黎喜雁笑着说，你怎么不说你们分配给我的那玩意儿本来就是个痴呆呢？她当天的话很多——我想应该是心情不错。
　　张陪审员马上问，黎喜雁，你所说的"痴呆"，是什么意思？
　　方方却义正词严回答道，古耳区每一个内核的初始化状态都符合标准，要经过反复试验才能分发到个人，所以黎喜雁所述并不属实。

后排的科学家们纷纷表示赞同。

张陪审员说，可是我想听听你的见解，黎喜雁，这到底是怎么一回事？

黎喜雁又开始微笑着沉默了起来——这个时候我产生一种感觉，与其说是黎喜雁在接受审判，倒不如说她是在玩弄猎物。玩弄过后，猎物通常会被无情杀死。所以我们也会被她杀死吗？我们之中，到底谁是她真正的猎物呢？

一阵沉寂之后，方方继续讲他的故事，我继续进行记录。

一个正常活跃的内核，理应可以对人类的活动，尤其是思维活动，做出敏锐且正确的反应。譬如，大家都有这个经验，在人类心情糟糕的时候，内核应该可以对人类进行宽慰与劝导。（注：我想是这样的，皮皮虽然是个时常流哈喇子、说话贱兮兮的浑蛋，但在我需要它安慰的时候，他没有一次不挺身而出。而且经过它的安慰，我的消极情绪会在第二天早上立马烟消云散。就这一点，我十分感激它。）但是当方方发现的时候，黎喜雁的内核已经基本不能对人类情绪做出正常判断，更不用说宽慰了。在当时黎喜雁的内核就已经被设定为童年时的自己了。而童年的黎喜雁唯一愿意做的，只有静静地盘腿坐在地上，数手指，一遍一遍不厌其烦地数着自己的手指玩。

黎桂平女士这个时候又展露出异常愁苦的神情，而比她更为愁苦的，却是高高在上的张陪审员。我回头看了一眼张陪审员，他已经把自己眉头锁成了两把对接的钩子，反复地说，怎么会这样？

黎喜雁用鼻子哼了一声，说，这有什么稀奇？我从小就最喜欢坐地上玩手指，我早说了你们分配给我的那玩意儿是个智障。

张陪审员开始自我怀疑了，喃喃自语道，难道说问题出在"童年复原"这个设定上？

后排结束抖腿的科学家抢着发言，我们在进行试点的时候就已经做过使用测评了，选择"童年修复"功能的测试员大都反映说，将内核设定为童年的自己，甚至更有利于与内核产生情感联结，对其余功能没有任何影响。

可张陪审员脆弱的自我却始终不堪重压，他丧气地说，也许我们应该考虑到个体差异？ 也许……

黎喜雁笑脸盈盈地接话，也许我的内核本来就是个智障，其实根本不存在什么虐待内核一说。

表姨妈说，肃静。可是张陪审员却已然坐不住了。他小声说，也不是没有这种可能。

——我想，第一个猎物是落网了。

就在这个时候，事情迎来了转机。一直坐着的核管局的蓝头发女士幽幽地站了起来。她的声音是沙哑的，像是被经年的烟酒浸泡坏了嗓子，她说，不是这样的，在遗弃事件发生之前，黎喜雁的内核与她的互动还是积极良好的。

遗弃事件？ 是什么意思？ 张陪审员像是抓住了一棵救命稻草。

蓝头发女士说，黎喜雁在 4 月 30 日虐待内核案之前就有过案底。

黎喜雁反击说，什么案底？哪里来的案底？

蓝头发女士说，在前一年，也就是 2049 年的年底，黎喜雁就曾经与内核相处不洽，更试图遗弃内核，之后我们对其进行了清零重置手术，也就是将陈旧的不良记忆清理掉，然后在脑中重新植入内核。手术之后，新内核的档案也就按照规定与旧档案分开放置了。这可能是我们的失误，没有将旧档案一并提交。

黎喜雁却哈哈大笑起来，说，原来是这样，我就说那列脱了轨的火车绝不是梦——原来不仅仅是一种荒唐。

原来不仅仅是一种荒唐。我在心里反反复复琢磨起来，真是一句诗。

张陪审员问，什么脱轨的火车？

黎桂平开口道，在那次手术之后，我女儿，哦，也就是被告黎喜雁，经常认为她曾经乘坐的一列城际火车冲出过轨道，我每每劝她都说那只是一个梦。但是我咨询过核管局的工作人员，他们解释说，那也许是清零重置手术的后遗症。

张陪审员恍然大悟，说，哦，是这样的，手术确实有可能是在模拟的列车环境中进行的，如此可以营造出与日常生活的无缝衔接。但是"脱轨"这件事倒是从来没有人反映过。他继而又大笔一挥，命令后排的科学家，说，记下来，这将是下一个我们要攻克的难点。

这也就是说，黎喜雁是曾经被剥夺记忆的人，这样的人再回归到社会里，会产生什么样的感受呢？我想到了古时候那些脸上、身上被烙印上字迹，从此一生都要有别于人的倒霉蛋们。他们的记忆是被区别、显现出来的，以至于所有人都能轻而易举地分享他们苦难的记忆。可如果反过来呢？一个人被剥离了一部分记忆，身边的人也知道这段记忆，唯独自己被蒙骗了。那又是一种什么样的感受？她会触碰到内心的缺口吗？这个时候我猛掐了自己大腿一把。苏永浩，集中注意力，我对自己说，别跑题，我现在最想知道的，可是遗弃事件又是怎么一回事。遗弃内核，这样一个漂亮的女人，为什么要执着地拒绝内核呢？我在心里反反复复地问着。

终于，蓝头发女士像是听到了我的心声一般，回答说，在前一年的年底，我们接到报案，称黎喜雁与其内核互动有异常，经过调查，我们发现黎喜雁早已将佩戴的内核追踪器丢弃到古耳区郊外的一片野湖之中。因为距离太远，内核的信号被破坏，但是由于内核生命体征正常，所以我们没有接到任何警报。

黎喜雁笑着表扬自己，说，看来我自己的办法多得很，就算你们再给我清零一次，我照样可以。她继而话锋一转，辛辣地说，那么又是谁举报我的呢？说着她将视线挪到黎桂平的脸上，像是早已得出结论一般。

黎桂平开始痛哭流涕了，说出了那句百无一用、平白惹人嫌恶的旧话——我可都是为了你好。

张陪审员询问蓝头发女士，说，也就是说，在遗弃事件发生之前，黎喜雁的内核一切指标及互动都正常，是这样吗？

蓝头发女士点头，说，是这样的——具体内容可以参考黎喜雁的旧档案，根据我的记忆，是这样没错。根据当时我们对黎喜雁脑电波的评估，她将芯片遗弃到野湖湖底，因为信号过弱，她所见到的内核图像变成闪现形式，频率也由每分钟出现十次到三十次不等，内核发出的声音变为模糊不清的电波声。

黎喜雁恍然大悟般说，哦，原来是这样，原来扔掉也不是个好办法。

张陪审员终于重新回到主题,他问黎喜雁,说,既然你的内核并不存在技术上的漏洞,那么请你详述虐待内核的经过。也就是说,你是如何使得内核生命指征及活跃程度都急剧下降的?

黎喜雁笑着说,你让我离开古耳区,我就告诉你。

张陪审员说,我们坚持的原则始终是坦白从宽,抗拒从严。你如实交代,我们一定会为你争取宽大处理。

黎喜雁说,你是不是电视剧看多了?你以为你是谁?

我回头瞥了一眼,张陪审员被说得满脸通红,我表姨妈则满脸铁青,两人一左一右地坐着,如同关公战秦琼。唯有最左边的陪审员曾大姐岿然不动,双眼无神,我想她是早已神游天外了。

我表姨妈严肃发话,说,黎喜雁,法庭之上,岂容得你胡闹?我想这句话定然是戏文里的台词。

黎喜雁却收敛了笑容,慢悠悠地把后背抵到椅子背上坐好,重新低头抠起手指甲来。所有人都在安静地等待她的发言,可法庭之上,只有咔咔声。她抠了一会儿,把头一抬,说,算了,你们自便吧,我没什么想说的了。

真是一个狡猾的猎人,我想,她的对手是秩序,在座的都是她股掌上的猎物。但是她不能轻易愚弄我,至少她不能无端地小瞧我。我觉得我可以搞清楚一些什么。只不过具体是什么,我还不清楚。

四、菜鸟专家

关于黎喜雁杀害内核这一事件,有如下几种猜测:第一,黎喜雁本身是个深藏不露的黑客，使用某种不可告人的技术，或潜入整个内核系统，或抹掉了自己内核的一部分信息，造成其所拥有的5004407号内核处于半瘫痪、全痴傻状态。第二，黎喜雁结识了某位黑客，帮助她完成了以上操作。第三，其他可能性。这一段近乎什么也没说的分析，是我隔着一扇门偷听来的——那天中午，一群手持博士毕业证上岗的内核设计师抱着笔记本电脑，相聚一堂，呕心沥血多时，终于提出了这三条惊天地泣鬼神的猜想。而我是负责给他们送盒饭去的。

当时我抱着一个硕大的、比我本人还宽三倍的纸箱子，里面装着青椒肉丝、宫保鸡丁和醋熘鱼片三种盒饭。我走起来摇摇晃晃的，根本看不见前面的路，生怕自己一不留神就摔个大马趴。所以当我用小碎步慢悠悠地挪过会议室门口的时候，听到其中一位内核设计师正在滔滔不绝地论述他所谓的"其他可能性"。他说，并不能排除这件事存在其他可能性，正如科学容不下绝对意义上的绝对，我们必须给推测留出余地。我朝着白墙翻了个比墙还白的白眼，差点没把自己眼皮给闪抽筋。因为没手敲门，我只好用屁股拱开一扇门，让自己侧身进去。我说，科学家们，开饭了。言下之意我想说，你们快闭嘴吧。

我看见张陪审员坐在圆桌的尽头，脸色发绿，感觉随时要不行了。他一只手撑着脑袋，用手肘把自己支在桌上，如同一把用烂了的三角尺。但即使是用烂了的三角尺，角度也仍然精确——正如脸色发绿的张陪审员，还是可以明察秋毫。他挥挥手，让那个陈述其他可能性的设计师赶紧坐下，说，吃饭吃饭吧。

我向众人介绍，今天有青椒肉丝、宫保鸡丁、醋熘鱼片三种盒饭可以选。

张陪审员过来领盒饭的时候，向我投来感激的目光，他说，好久没吃过青椒肉丝了。然后他随手取了一份醋熘鱼片。

我觉得有点尴尬，难道科学家都是睁眼瞎，看不见我在饭盒上粘的便利贴吗？活该吃不着青椒肉丝。

可张陪审员打开盒盖吃得津津有味，他说，小苏，你也坐下一起吃，这几天辛苦你了。

我说，不辛苦，能学到东西嘛。

张陪审员尴聊道，我就说我没看走眼，小伙子有前途的。

我说，不敢不敢。

张陪审员吃着吃着，突然起意，问我道，小苏，如果发挥你的想象，你觉得黎喜雁是怎么杀死内核的呢？或者说，我换一种问法，如果是你要杀死内核，你会怎么做呢？

我浑身打了个寒战。

我明白浑蛋皮皮是跟着我一起进入会议室的，即使我当下根本看不见它。正如之前所说，因为我的注意力完完全全被外界的人与事吸引着。我可以想象它现在正伏在我的桌子底下，恣意纵情地舔自己的脚，浑然不知从外界而来的敌意（它是听不见别人所说的话的）。我不太愿意回答这个问题，甚至连想都不愿意多想。毕竟一旦我开始认真思考，皮皮就彻底能听见这个十足残忍且刻薄的问题了。皮皮有时固然浑蛋了些，但总的来说，我还是将它当作兄弟来相处的。残杀手足。这实在太不符合我的价值观。然而另一方面，我又实在害怕辜负了张陪审员慧眼识珠——毕竟三天前，是他老人家钦点，让我这个"科学菜鸟"加入"黎喜雁专案组"的，并让我担任书记员和生活秘书,这全然满足了我对黎喜雁一案的好奇心。

同时我表姨妈陈法官也被迫抛下手中的工作,作为专家入驻这个组。因为这是古耳区自成为试点以来,第一起涉及内核纠纷的案件,需要法律方面的人才提供支持,同时将案件过程全部记录,以便日后设立相关的法条。

我猛嚼几口,把嘴里的青椒彻底咽下去,说,首先我得说明,我对我的内核十分友善,我是把它当作兄弟来处的。说完这句话,我马上低下头去,想看看浑蛋皮皮的反应,以使得自己完全放下心来,继续我的论述。无奈外界干扰太多,皮皮隐藏得严严实实的。但根据我的推测,它啃脚完毕,应该是心满意足地躺下去睡觉了吧。

我便接着说,我不认为黎喜雁本身会是个黑客,毕竟资料显示,她在出事之前是个报道社会新闻的记者,在她所在的《××周刊》中刊登过很多篇稿子,如果我没记错,她在二十岁左右的时候还发表过诗歌。然后在出现第一次遗弃内核事件之后,因为情绪不稳定,黎喜雁就被调到这个周刊的后勤保障部去了,负责采购等事宜。这样看来她应该是个十足的文科生,没什么机会接触或者学习运用这些高科技。我想着,这一点倒是与我很像,自从文理分科之后,与科学有关的东西就全然和我无关了——只剩下舞文弄墨,或者给人打杂。

张陪审员称赞我,说得不错,继续。

我心里逐渐有了底气,说着说着仿佛自己真是福尔摩斯。我分析道,其次我对"黎喜雁结识黑客,完成谋杀"这个怀疑也表示怀疑。我虽然不太懂科学,但我猜测如果说要干扰内核运行,那么一定需要非常周密的部署吧？

张陪审员肯定了我的猜想，说，的确，我最近也在想这个问题。你对于内核芯片运作的原理有一点了解，对吧？

诚实来讲，我对内核芯片的全部了解都在之前讲过了——换句话说，也就是根本不怎么了解。但我注视着张陪审员深邃的双眼，发觉自己根本说不出任何可能令他失望的话来。只好硬着头皮说，嗯，一点点。

张陪审员兴之所至，将一块白板拉到身后，在上面写写画画起来。他边画还边给我讲解一些根本听不懂的东西：你知道内核芯片其实就像一部微型手机一样，我们将它注射到人体内部。芯片通过高频微波接收来自大脑的信号，再通过短频波段发送给附近的内核信号塔台，进行一系列的信号处理。被处理过的内核信号最后经过原通路，再发还给人的大脑。这便是我们大脑可以感受到内核的简单原理。你听懂了吧？

我也不敢说听懂了，只能半梦半醒地点点头。

他接着说，我们在最开始设计内核系统的时候，就已经考虑了保密安全问题。毕竟如此科技涉及个人隐私，没有人希望其他人知道自己每天到底在想些什么。那样就变成完全透明的人了，你说对吧？

我说，对。

他又说，所以我们就设计了一套加密措施来保证内核的信息安全。一方面，在人脑与内核芯片之间，我们利用了大自然母亲赐予的"生物密钥"。这个时候他竟然眼中放光，声音略带颤抖，当然这个方法得益于我们所里的肖恩博士的伟大发现，即每个人的脑电波的模式,或者说其特征参数,是跟人体某段 DNA 高度相关的。简单来说就是,那段 DNA 中蕴藏的信息是可以用来预测脑电波特征参数的。当内核芯片植入人体时,里面的人工智能模块会快速提取主体 DNA 的相关数据,并学习出一套初始脑电波特征参数,然后用这套初始参数与大脑进行沟通,利用返回信息和 training sample(训练样本)之间的差异再次优化脑电波特征参数,如此反复几个回合,估计准确率可达百分之九十九点九! 这样,我们可以说每个人所拥有的芯片都是独一无二的,是他个人的 DNA"训练"出来的芯片。如果把你的芯片注入我的体内,它也只会变成独属于我的芯片。

张陪审员说到这儿,激动地挠了挠头,他接着说,另外一方面,内核芯片在将信息传递给塔台的过程中会使用我们设计的"人工密钥"的方法。内核芯片会用自己的空间位置信息加上我们预先分配的码字合成出一个新的密码,这个密码的生成也是独一无二的。

太麻烦了,说了这么多不就是想论述你们技术很安全? 真受不了你们这些科学家。明明五个字就可以解释清楚的问题,非要用长篇大论来炫技! 我在心里如此想着,嘴上却说,这样听起来的确十分安全。

张陪审员说,是的,如果黑客想要干扰、篡改黎喜雁的内核波,就必须进行两次解密。而人脑电波的形态具有独一无二的特质——难道说他要完全克隆出一个大脑来? 不,那样也不可能——黑客是无法进行破解的。除非这个人可以潜入我们的系统……

我接话,你是说,这人也许是个内鬼?

听到"内鬼"两个字,坐在我对面的一名科学家猛烈地咳嗽了好一阵,最后打出一个喷嚏。他尴尬地笑笑,说,被饭粒呛着了,实在不好意思。

如果说这是一部谍战剧,那么我必然有理由怀疑这个男人鬼祟的行为。我就势抬头瞅了他一眼,他三十五岁左右,戴着银丝眼镜,相貌平平无奇——这样的人实在太适合做内鬼、间谍,乃至碟中谍。如果不是他心虚地说呛了饭粒,是没有人会注意到他的。

但生活毕竟不是谍战剧。张陪审员解嘲似的大声笑了两下,说,内鬼是没有可能了。然后他竖起食指,朝天花板指了指,我们这儿的摄像头可以说是三百六十度无死角,即时记录,直接上传云盘,丝毫不会有被抹掉的可能。说完他又干笑两声,那个平平无奇的饭粒男也跟着干笑起来。

张陪审员的笑脸很奇怪,嘴角像是被什么弹簧撑起似的,不得已才非得咧到耳根不可。而随着他笑声的消失,那根隐形弹簧也仿佛"嗖"的一声弹飞出去,他的嘴角重新马上耷拉下来。我只顾着观察他古怪、僵硬的面部表情,没承想他却趁我走神反将我一军,声音高亢地问,我刚才说了这些内核的简易原理,你可有什么问题?

你是说简易?!我简直想把这句话扔在他脸上。不过如果非要说问题的话,那我刚才几乎全没听懂,算不算是个问题呢?可若要真这么说了,张陪审员定会失望至极,之后也许会马上把我退还给表姨吗?我就再不可能知道此案件的原委了……我强迫自己的大脑飞速运转起来,好提出一个显得自己不太傻的问题来。他刚才说什么来着?内核芯片像部微型手机一样,注入人的体内?那么既然是手机……我贸然开口道,既然是部微型手机,那它该怎么充电呢?话一出口,我立马后悔了,甚至感觉自己有点智障。

然而张陪审员却夸奖了我。这是个好问题!他说,我们在研发的过程中也做了很多尝试,最后选择使用人体生物发电供内核芯片使用。也就是说,你所有不经意间的生物活动,或是有意识的健身,都在支持你的内核的运转。

我脱口而出,那么也许黎喜雁有意减少活动,让内核没了电力支持?

张陪审员浅笑了一下,说,这一点我们之前也考虑过了。我们在想,如果面对的是植物人或者其他具有运动障碍的人,那么他能不能使用这项技术作为辅助医疗手段?所以我们将供电系统设计成了,人体的血液流动等也可作为生物发电的一环。

是啊,的确如此。人活着,又怎么可能不发生运动呢?真是个蠢问题。虽如此想着,我却十分感激张陪审员的善解人意。想了一会儿,我终于转移话题,说回到黑客那个猜想:即使真有一个十分高明的黑客,可黎喜雁也不会有途径认识他吧?根据她妈所说,她的交友面很窄,不是吗?十六岁就被确诊躁郁症,像她这种十足不幸的人,不要说交友了,生活都已经着实不易了。

张陪审员也立时变了一副脸孔,饱含同情地说,是啊,其实内核设计的初衷就是为了帮助人们克服心理障碍的——当你拥有极端情绪的时候,与内核进行良性交流,能够帮助你恢复平静啊,就好像拥有一个知心姐姐一样。旋即张陪审员又捶胸顿足,为什么会出现黎喜雁这个事情呢?真让人痛心啊。

我的思绪还停留在张陪审员口中的"知心姐姐"四个字上。这样的词汇像是二十世纪的产物,重新听到竟然还有点好笑。我开始想,属于张陪审员的"知心姐姐"会是什么样的呢?科学家张陪审员会不会在傍晚也去一些古怪场合寻找知心的姐姐来抚慰自己受伤的心灵呢? 想着想着我竟然动了邪念。邪念让人专注得很。皮皮竟然在这个时候出现了,它开始舔我裸露在外的脚踝(穿七分裤露脚踝仍然是十分时尚的)。皮皮的舌头湿润又柔软,使得我感觉自己的邪念几乎要被实现了。就这一点来讲,皮皮诚然是与我同流合污的好兄弟。

痒得受不了了,我猛然一蹬腿,像是在说,好了,够了。

张陪审员却像是也接收到了我的信号,说,小苏,你接着说,不好意思又打断了你。

我于是调整好自己的思绪,重新说道,所以说,如果我是黎喜雁,如果我要杀死自己的内核,我想第一种可以考虑的,就是损毁内核追踪器。但正如我们在案件中所见,黎喜雁曾经两次损毁追踪器,这样一来,核管局的人员就会马上定位到事发地点,采取措施。所以这并不是一个好方法。而且我们知道,单纯损毁追踪器并不能杀死内核。也就是说,这样的措施其实是不能造成内核本身损伤的。

张陪审员拍手叫好,然后歪着脑袋,等待我说下去。

我胸中顿时波涛汹涌,有如人英雄一般的气魄支棱起来。所以究竟要如何谋杀内核? 我觉得答案就在我的嘴边,努一把力就能倾泻而出,可是在这个节骨眼上我却突然像是失了语,张了张嘴什么话也没说出来。

这时饭粒男又轻微咳嗽了一声。我彻底疲软下来。说了半天什么有价值的也没有说出来。也难怪,一群科学家冥思苦想多日都没有解决的问题,我一个打字员、买盒饭的又能做些什么呢?

张陪审员像是看出了我的状况,解围道,确实是个很艰难的问题啊……

我彻底垂头丧气起来，觉得辜负了张陪审员的一番信任，又觉得自己从一开始就不该开这个头，抖这个机灵，徒然充当这帮科学家的笑料。我胡乱扒拉了两口饭菜，借口陈法官那里还有事要我做，便灰溜溜地出了门。

五、古怪的哭声

我一路向着楼外走去，皮皮自然跟在我的脚边。我走了两步，听见皮皮小声说些什么。我听不清，就逼问它。皮皮很不情愿地重复了一遍，说，没看出来你小子还有点推理天赋。我一时间不敢相信自己的耳朵，浑蛋皮皮竟能说出如此肺腑之言。我立马喜笑颜开，说，你小子说什么？我没听清。皮皮说，你听得挺清，我知道的。我说，没有，一点都听不清。皮皮说，耍赖皮？我的心情突然之间变得欢快起来，我想这就是内核的魅力吧。紧接着我大步流星地朝着表姨妈所在的内核设计院的女生宿舍走去。

对，表姨妈住在女生宿舍里。我一想到这个就觉得有些扫兴。毕竟女生宿舍是以香喷喷、软绵绵而在我的脑海中存在的。我们学校的女生虽然没几个好看的，但是女生宿舍门口却飘浮着一股子异香。湿润且温暖。我从来没有闻过类似的香味，什么香水都不能与之比拟。理性分析，那应该是女生澡堂，加上洗衣房的洗衣粉味混合而成的香味。但是在我的脑海里，那香味应该就是一个女人最初始的母性。

而现在女生宿舍和表姨妈挂上钩了。所谓的柔软"母性"也分明变成了"婆婆"性，陌生又无情。

嘀——我用自己的门卡刷开了女生宿舍的大门。是的,我的门卡竟然可以刷开女生宿舍的大门! 在女生宿舍里恣意驰骋,这岂不是每个男同学的梦想? 尽管我知晓里面实际上住了个表大姨妈,但我仍然觉得兴奋不已。女生宿舍一进去是一面巨大的穿衣镜,我看到镜子里的自己,清瘦又有些肌肉,二十岁的脸干净而不失棱角。镜子里是没有皮皮的,但皮皮在我脚边快要呕吐了。

表姨妈住在一层 101 房间,左拐进去的第一间,那里应该是个临时宿舍,专给外来的人使用。我并不想马上敲开她的房门,从而得以暂时(或者永远)忘记她住在这里的事实。我向右边的过道拐进去,奇怪的是,这里并没有像我们学校女生宿舍那样温暖而世俗的浊香气,反而是安安静静、冷冷清清的。我想也许只有我们这种普通院校的学生宿舍,才会生出那种平凡却温暖的烟火气吧。也因此我才倍加珍惜在学校学习的短暂时光。

这过道像是越走越长,没个尽头似的。走到一半,我分明听见有个女人在哭。那哭声也很怪,一会儿像是个孩子哇哇大哭,一会儿又像是个老妪低声抽泣。诡谲多变,活脱脱像个巫婆,又像多变的白骨精。我寻着那声音找过去,大约是从最后一间房里传出来的。房间门上有个密码锁,吱吱地冒着红光,仿佛我一碰,就要马上被红外线武器给击毙一般。我轻手轻脚地靠近那扇门,觉得自己甚至不会惊扰到一只度假的飞虫。然而那门里的哭声在我靠近的时候突然停止了,变作一个熟悉的女人声音。

那声音问,是你吗?

我几乎是逃一样地跑去表姨妈房间的。一阵急促敲门之后,表姨妈顶着一头蓬松又酷似澡堂老板的鬈发和一对惺忪的睡眼给我打开了门。我想,还好她正潜心睡午觉,应该看不出什么端倪。听表姨妈的声音也没睡醒,她很敷衍地说,哎,你来了。我客客气气地答,陈法官(在公共场合我都是这样称呼她,她则亲切地管我叫"哎"),食堂那边的工作人员让我问您,这几天是把盒饭一并给您领回来,还是您亲自去吃?亲自去吃?我突然感觉自己的措辞有着说不出的别扭,难道有人还可以不亲自吃饭的吗?不用亲自吃饭的,那还能叫作"人"吗?不管怎么样,这个小小的细节恰恰说明,我本人对于措辞要准确有一种近乎病态的苛求。尽管我希望日后自己能以舞文弄墨为生,但这种习惯却丝毫不能算作一个"好"的习惯。

表姨妈说,我正要往食堂去。

我心想,瞎掰,你明明才刚起床,你就是不愿意承认自己已经老到必须午睡这个事实。

可是她一抬手,把短的鬈发迅速往脑后一捋,转身把桌子上的小皮包一拎,说,一起去吧。

一方面我认为她为了维护面子,真是什么事都可以做出来;另一方面,我意识到她好像丝毫意识不到,有一种可能性是我已经吃过了饭,不必再陪她去食堂走一遭。她永远是一个以自我为中心的极端的利己主义者。尽管在工作场合,她已经尽最大可能地对我保持一种理性、缓和的好态度,但这仍然掩盖不了她为人的本质。

而事实上我也不曾认真拒绝过她一次。我爽快地答应道,好的。

但我的心里却始终在惦记另外一件事,因此走得格外慢,好竖起耳朵探听着另一边楼道里的动静。表姨妈扭头催了我一次。我应和着说好。可是什么也听不到了,没有人在哭,那楼道又像是消失了一样的寂静。

走出女生宿舍,我表姨妈终于又责问我一次,你怎么走得这么慢?

我支支吾吾地说,我在想一件事。

她问,什么?

我想了一会儿,随机应变道,我们什么时候可以回家啊?这也确实是我的另一重困惑。自从加入了这个"黎喜雁专案组",我和表姨妈吃住就都集中在了内核设计院给安排的宿舍。连换洗的衣服都没来得及回家取一趟。起初我认为这是出于保密的需要,以免我们泄漏了什么机密。可是三天过去,也没人给我们宣读过什么保密条款,也没人监控我们打出去的电话。既然不是出于保密需要,又有什么理由非要把我们"圈禁"在这个地方?

表姨妈无所谓地说,再等等看吧,不过你要是需要什么,可以叫金喆给你送过来。金喆是我表嫂的名字。我因此觉得有点气愤,心想,你人都不在家,还这样理所应当地使唤你儿媳妇,简直不是个东西。想完这句话,我看了一眼皮皮,虽然实际上是看不见皮皮的,但我能想象出我俩心照不宣地交换了个眼神。

我说,好的,您有什么需要吗?

表姨妈说,没什么,小卖部东西挺全的。话虽如此,但我总是可以隐隐闻到她身上散发出来的老年人的味道,她应该也有三天没换衣服了。在这之前她始终用香水把衰老的迹象遮掩得严严实实的。

我闻不下去了,于是说,我叫表嫂也给您带两件衣服吧。

她也没反抗,说,可以。

从女生宿舍出来,对面就是主楼。主楼的一楼是一堆会议室,那帮科学家开会奋斗的地方。再往上走,就是各种实验室。楼梯和电梯的入口,都有玻璃罩子一样的门拦着,需要刷卡刷脸才能进入。绕过主楼,就是食堂。别看这个内核设计院的大院不太大,和我们学校比起来只有我们学校的十分之一大小,但是食堂之好,却让人流连忘返。我们学校名义上有东西两个食堂,但里面贩卖的东西,不过就是甲乙丙和丙乙甲之别。就拿风靡大街的手抓饼为例,我们食堂里总共有四个窗口,卖的是一模一样的东西,标着一模一样的价格,味道也是一模一样的难吃——完全违背市场竞争的本意嘛。

内核设计院的食堂则高级得令人咂舌。虽然只有上下两层,但完全囊括世界各地的美食。一层有国内的各种风味,从上海的生煎包到台湾的蚵仔煎,从天津的煎饼馃子到新疆的大盘鸡,再加上各种风味小炒,总而言之是只有你想不到,没有你吃不到的。二层则更令人惊讶。东方的有制作精良的手握寿司、日式豚骨拉面、咖喱鸡排、韩国拌饭、豆腐汤、海鲜饼,西方的有比萨、意大利面、大汉堡。就连墨西哥人爱吃的卷饼都有独立的一个小窗口,上面印着 Burrito(卷饼)再加上一堆英文字母——而在我们学校也有类似的食物,只不过我们那儿管这个叫"大饼卷一切"。

我第一次走进这个食堂的时候真正体会到了什么叫一半天堂一半地狱。天堂的是美食,地狱的是选择。我记得我当时用了整整半个钟头才抉择出我午饭要吃点什么。

但是表姨妈思路极其清晰,她夹着自己的小皮包,径直走到南京站的窗口,熟练地点单,说,一碗鸭血粉丝汤,不要辣、不要葱,加一个饼。仿佛她真正住在这里一般。然后不等我反应过来,她使用命令一样的语气说,你也点个一样的,比较快。我只好本能地点头。而我本来是想尝一尝二楼的手握寿司的。

鸭血粉丝汤端上来,我趁热尝了一口。汤头还算是浓郁,但粉丝少了点劲道,不如我以前在南京夫子庙跟前吃的好吃。这让我开始无限感怀起二楼的手握寿司来,从而产生一种被人棒打鸳鸯的忧愁。

你姨父以前最爱喝这玩意儿。我表姨妈突然开口,把我吓了一跳,以前她是不会主动提起过世的大姨父的。尤其在这种公众场合,她更是从来不愿意暴露我们是亲戚的这层关系。

我嘴半张着,发出了个不自觉的"啊"来。

她接着说,以前他还在这儿工作的时候,我们就老来喝这个,每次我都受不了,这玩意儿有什么好喝的?他就跟着迷了一样,次次来次次都要喝。三伏天里也要喝,喝完出一身的臭汗。

我说,原来是这样,所以您才要点这个。

她否定我,说,好像是这家现在做的味道比以前好了点。

我想,这大概就是传说中的"粉丝"滤镜吧。

表姨妈继续说,以前我们就住在食堂北边的宿舍楼里,分的那个家庭宿舍,还挺大,有一间卧室、一个小厅、一个阳台,阳台上有前一户人家留下来的一盆吊兰。吊兰养了一年都长疯了,感觉快从二楼长到一楼地面上了。别人看了都说这房子旺我们,我们也旺这房子。结果转年,你表哥就出生了。

我捧哏道,哦?

表姨妈说,后来也没有人说我们非得搬走,这宿舍只要你没买房就能一直住着。但是你姨父老观念,总觉得没房子就没家,非要贷款买一套。现在想想,那第二套房子可能是不旺他了,要么就是第一个宿舍的房子旺他旺过了头。

我说,有可能。

她掰着手指头说,现在想想这个实验也进行了不少年了——你表哥今年是二十五岁出头,可不,都快三十年了。

我说,原来这么久了,我还以为是个前几年新兴的科技。

她说,搁在人身上是新的,但在那之前这帮科学家、工程师忙活了太久了。我和你姨父处对象的时候,他跟我说他是内核设计院的,我还以为他是个大骗子呢,听都没听过。

我说,是的,这种在人身上用的科技一定要谨慎。

她说,刚开始就是理论研究,你姨父那会儿一回家就是拿笔写算法。人家算数都得拿个电脑,还有的拿好几台电脑,他不用,就一支笔,在那儿空想。这么想,他也比别人算得快。

我说,姨父真是脑子好。

她说,我脑子也不差啊,不知道怎么生出了你表哥这么个头脑简单、四肢发达的家伙。

她说完就笑,我也跟着笑,觉得空气中都飘荡着一股别样的轻松的气味,让人神清气爽。

笑完以后,她接着说,后来没过几年,这技术成熟了,能在人身上做实验了,他们就找了一帮志愿者做第一批吃螃蟹的人。我记得那会儿人们报名那个踊跃啊,还经常有人跑我们家"走后门"来。拎酒的送烟的,你别说,也还真有抱着好几盒阳澄湖大闸蟹来的。

我第一次发现表姨妈的话匣子一打开竟然就收不住。

她又说,这个技术好啊,造福人民。尤其是那两年,人们过得太苦了。

我应和说，是的。但实际上我也不知道她说的是哪两年。毕竟在我看来生活始终是苦涩不堪的。

她说，志愿者太多了根本住不下，就我这两天住的那单人间，当时都得劈成四人间来使。

我被她的话给饱了一下，问，您说，您住的那个房间？那栋楼？

她说，是啊，那栋楼以前是安置志愿者的地方，就跟个医院似的。我去过一次，人来人往的，热闹极了。

我突然想起那个阴冷的毫无人气的楼道——原来那根本不是女生宿舍，而是个实验场。我的脑子里立马出现黎喜雁被架在一台冰冷机器上遭人研究的场面——我因此觉得毛骨悚然。

表姨妈没管我，自顾自地说，这次本来他们是安排我住在家庭宿舍那边的，我不乐意，怕看见别人阳台上养的吊兰触景生情。

我说，确实是。然后试探性地问，那现在那个志愿者楼，就只有您住在那边吗？

她说，我也不知道，可能还有值班的学生吧。

接下来表姨妈又说了什么，我根本没有注意去听。我走了个很大的神，神游回刚才被奇怪哭声吸引的时刻。

那声音问，是你吗？

我不敢说话，气都不敢使劲喘一下。

那声音又问，是你吗？白天坐在正中间的那个书记员？

我完全被拆穿了，想跑，但是腿软，像是被人用订书机订在了地上。

她接着说，如果是你的话，你能帮我个忙吗？

我哆哆嗦嗦地问，什么忙？

她说，到三洋去……

到三洋去做什么？我正想问，后背却被一只手擒住了——准确地说，没有人真正擒住我，只是轻轻地几乎没有声音地拍了我一下。我回头看，是个长得很年轻的小姑娘。然后她拉住我的手，一直把我拽到大门口外面去。她手劲大得很，又感觉根本不像一个小姑娘。

她半质问半嘲笑地问我，你为什么要去找她？你要做什么？

我说不出来，支支吾吾了半天。

她又断案一样地说，你想把她放了，你是她留在外面的同伙？

我喊冤道，我不是，我是这个案件的书记员兼生活秘书，我什么也不知道。

她笑了，生活秘书？现在还有这种人？

我说，就是去领盒饭的。

她说，哦，那咱俩干的差不多。然后又说，你这样是不可能帮她逃跑的。她用手向上指，说，上边全是摄像头，你说什么都能听得见。你这边一动作，那边立马有人来抓你，跑不掉的。

我说，我明白，你不就是现在出现了吗？

她摆手说，我不是抓你的，我就是想问，你是不是她的同伙。

我说，我不是。

她说，你是也没关系，你告诉我，我铁定能帮你们，看你俩也挺可怜。你都不知道，她哭了一天，可烦死我了。

我说，你还是看守？

她说，你别骂人啊，你才看守呢。我就是这儿的学生，今天值班。

我说,哦。

她又说,我现在不能跟你多说,得回去接着盯屏幕。你要是想我帮你,你就晚上来找我。

我说,你这是钓鱼执法,我不能上你的当。

她说,不可能,你看我这长相,是那种人吗?

我这个时候才正式看她的脸庞,她原来有一张圆圆的脸,犹如我表嫂的小橘灯一样明亮。我竟然因此有点相信她不会骗我,于是点点头。

她赶紧说,今天晚上十一点半,去北门等我。

我刚想问,为什么是北门? 等你干什么?

她却赶紧摆手离开了。

我看了看天上,仿佛那监控就藏在云朵里,藏在阳光里。我觉得越来越恐怖,于是赶紧逃进表姨妈的房间里……

这时候我表姨妈好像看出来我掉线了,突然提高了调门,说,你刚说你要给金喆打电话对吧?

我的身体竟然猛地抖了一下,赶紧说,是。

她说,那你让她把我那件蓝色的开衫带来吧,这儿的中央空调太凉,冻得慌。

我说好。但心里却反复想着,晚上十一点半,北门,这样说来也就是真正的宿舍区外面的大门。那人也没说明白我要准备什么东西。难道她会把黎喜雁给我带出来,让我们顺着北门逃跑吗?就算她允许我们这么做了,我又能拖着黎喜雁跑到哪里去呢? 难道真的到三洋去吗?如果真是那样,表哥还有他那些车站的朋友能不能帮我蒙混过关?但我转念又一想,凭什么是我带黎喜雁逃出去?我可根本就没这样的想法啊!

六、深夜赴约

傍晚时分,我表嫂拎着一个去超市买菜用的大帆布包,出现在内核设计院南门(正门)的传达室外面。但那个帆布包不是她平日里去菜市场用的那个。她平日里用的那个是乳白色,上面印着碳素笔手绘的小雏菊,雅致得很,这使得她在菜市场一众家庭主妇之中顺顺利利地脱颖而出(是的,我表嫂的职业是家庭主妇,但我依然尊敬她)。但今天这一个帆布包丑得很,上面印着纵向排列的红黄蓝三个颜色的色条,看起来像搬家才用的那种巨大的编织袋,而且这袋子还被装得满满当当的。总而言之,我快走到传达室的时候,远远看见表嫂瘦弱的肩膀扛着这个鼓鼓囊囊的袋子,一时间产生了一种笃定的错觉:我一定是在蹲监狱了。

表嫂把帆布袋子拉开一个小口,说,这里面有你的两件衬衣、一条西裤,还有妈要的蓝色开衫,另外我还给她拿了两件短袖衬衣,牙刷、牙膏怕你们也没有,我也给带过来了。

我说,不用,这里宿舍都给备好了。

她说,那就好。说完她赶紧把拉链重新拉上,说,这袋子只能开这么一个小口,要不然东西太多,要蹦出来了。

我听到她说"要蹦出来"觉得分外生动,不由得笑了一声。

她也羞赧地低头笑笑,小橘灯一样的脸庞被点燃一般。她说,你拿回宿舍再打开吧,里面其实还有一个袋子,那个袋子里是妈要用的所有东西，你直接给她就行了。

我说，好。然后我瞥了一眼在传达室值班的小保安，发觉他也在不经意地用白眼瞟着我们俩。我仿佛能从他眼睛里读出嫉妒、猜疑与意味深长的感觉来。他一定是把我们两个看作一对久别的情侣了。如果真是一对情侣的话——我没法往下想，赶紧打断了自己。但我仍然执意不愿叫她"嫂子"，我说，这次事发突然，但是没事的，应该过两天就能回家了——我仿佛真的把自己摆在了主语的位置。而这种感觉只能发生在此时此刻，一个无家可归的时间里，一个无伦理道德可归的罅隙里。

金喆也像个新婚的少妇目送丈夫远行一般，说，好的，等你们回来。

因为没有开具证明，我出不去，她也进不来，我们只好就此别过。我转过身去，恍惚想起年少时所背的诗，想起那个"春日凝妆上翠楼"的陌生少妇来。她是忽见了田陌的杨柳色，而我是陷入了夏日傍晚的好时光。我往回走去，皮皮跟在我的脚边，我想它明白我的心思，但我永远不会与它提起这桩情事——我此生不会在任何场合、同任何人提起这桩情事，我甚至不愿自己私下里咀嚼它。它将成为我永远无法触及的，也因此永远完整鲜活的秘密。

夜晚十一点半，我准时赴约。在内核设计院北门口不远处的大草坪上，等待那个与我表嫂有半点相似的女学生。她迟到了将近半个钟头。她跑过来的时候，整个人气喘吁吁，冒了好多汗，脸上的汗渍在路灯底下油得发亮。她说，真是不好意思。她手指着南边的主楼，说，那边出了点状况。

我说，怎么了？

她说，不知道那女的从哪儿找来了个玻璃片还是碎瓷片的，要割腕。

我心里突然绷紧了，赶快问，她没事吧？

女学生朝我摆摆手，说，不要紧，幸亏我发现得及时，给救下来了。

我说，那就好。

女学生又说，你要是想救她可得抓紧。她三天两头出问题，我们组的人都快要被她折磨的犯病了。昨天轮班的是我同学，一男生，挺胖的，看起来心脏也不太好使，没准儿哪天就撂在这儿了。

我说，前提是我根本没想过救她。并且就算我要去救她，你又凭什么要帮我们？

女学生也不回答我的问题，只是自顾自地说，我小时候参加过古耳区的青少年发明家大赛，当时得了个二等奖。说着她把一支挺普通的紫色钢笔塞到我手上，就是这个，看起来它是个普通钢笔，可实际上它是个信号屏蔽笔。你把它打开，监控录像的信号能被切断，上传不上去，能给你们争取一点时间。

我接过来了，说，你还挺行。

她说，我小时候比较厉害，越长大越不行。

我说，我和你不一样，我从小就不行。

她嘿嘿嘿地乐起来，小圆脸因此看起来有点傻里傻气。我想不到这样一个小姑娘竟然可以发明出如此精巧的物件，不由得赞叹道，你们这些人不愧是精英，就是脑袋瓜子好使，要不怎么能在内核设计院学习呢。

她说，这地方就是伙食好一点，别的也没什么好。

我说，能做内核技术工程师还不够好？

她说，嗨，我们这儿也分部门的。我是内核安全系的，不属于那帮科学家、工程师，其实说白了我就是负责安保。

我说，你不是青少年发明家吗？

她说，说了那都是小时候的事。我要是干得好，可能毕业能分配到核管局去。

我说，干得不好呢？

她说，估计也就接着做安保了吧。

我说，那咱俩命运还挺相似。

她说，要不然我干吗帮你呢？

我说，忘了告诉你了，我叫苏永浩，现在在古耳区法院做实习书记员。

她说，我知道，我叫廖小静，大小的小。

我说，廖发明家。

廖小静接着说，你肯定在想我凭什么帮你，对吧？

我说，肯定啊。

她说，我要是说行善积德你肯定不能信，对吧？

我说，肯定啊。

她接着说，明天晚上从十点开始，是我一个仇人值班，他鼻子有点歪。我们俩现在在竞争一个实习机会。我也不是说非要得到这个机会，我就是不愿意让给他，你懂吗？你要是能在明天晚上十点之后、后天早上八点之前把黎喜雁救走，他铁定得背处分。你懂了吗？

我说，你这么说我大概就能明白了——不过这得是什么深仇大恨啊？

她说，劈腿。你知道了吧。

我说，全明白了。

她说，你要是还不信我，我带你试一下这个信号屏蔽笔，你看行吗？

我说，你想干什么？

她说，你们专案组的，最近是不许出大门的，对吧？

我点头。

她说，我带你出去，早晨再把你送回来，保证没人发现，怎么样？

我说，那传达室的保安要是看见了呢？

她说，不从大门走。大门旁边草丛后边的铁栅栏有个豁口。

我说，可以。

她说，出去以后就是大马路。这大院周边的马路上全都遍布监控，监控又连接着设计院以及交管局的人脸识别系统。按理说两个行人，尤其是你，是不能出大院的，你一旦出现在马路上，就会被立马发现，你说对吧？

我说，没毛病。

她说，那你敢试试吗？

我说，那就试一试。

廖小静带着我找到了那片连接外面世界的草丛。野草疯长，得有半人多高。我看见有一朵草叶子上被拴了白色小布条，我不知道那是个巧合，还是有人故意为之。廖小静把住我的手，她的大拇指叠在我的大拇指上，然后按了一下紫色钢笔的笔帽。咔嗒一声响，廖小静得意地看了我一眼。然后只见她用一只手揽住一把草，打开一条缝隙，后面是黑乎乎的一片。她一个闪身从野草丛中穿了过去。她消失以后，草丛的豁口也消失了，重新恢复成为一体。一时间天地寂静，我竟不知自己因何站在此地。这时候草丛后面传来廖小静的一声吼，你快过来！我才学着她的样子，猫着腰，从野草缝里钻了出去，草叶子尖，扎着我的脸。我打了个喷嚏。

出去以后是一条一望无际的马路，有四条车道那么宽，但是竟然连一条人行道都没有。夜晚没什么车，我俩就在大马路的边沿行走。路的两侧像是无垠的麦田，也像是布满沼泽的野地。天太黑，也区分不清。我知道内核设计院地处偏僻，但是没想到从北边的大门出来，竟是如此光景。

偶尔有车从身后呼啸而过，我们因此像是走在死亡的边沿。廖小静在我前面走得飞快。我朝着她吼，你要带我去哪里？

她稍稍回头，实则仍然面向前方，说，保证是个好地方！

我说，我都不怕他们抓我了，现在只怕被车撞死！

她指着路边的麦田说，那你下去吧！

我说，你不来吗？

她笑得很大声，我游泳不太行！

我才知道那底下既不是麦田也不是野地，而是一片大湖，顿时我觉得羞愧难当。我打岔道，没想到你这个发明还真管用，我们在大马路上走，竟然都没人发现！

她得意地喊，这个笔的好处是，它不会让监控完全黑屏，什么也看不见，而是让它们一直回放之前半个小时的画面。这样一来，没有人会注意到画面出现错误，我们就彻底消失在时间里了！

彻底消失在时间里，真是个绝妙的点子。一个人想凭空消失在空间里很难,消失在时间里却可以实现。大变活人的魔术不就是这样开了个时间的玩笑吗？我赞美廖小静,你可真有两下子!

她说,快到了,走出这片大湖就到了!

七、Blues 酒吧

最后我们走到一处发光的房子跟前,我再回头看,后面的世界像是隐退了。这房子有个海边的民宿那么大,上下两层,加起来七八扇窗户,每一扇都散发着不太明亮的冷光。我一路摸黑至此,心有点慌,问廖小静,这到底是个什么地方？廖小静拽着我的手腕,迫不及待要进去了,她敷衍地说,就一酒吧,我们老来。我松了口气,心想不过如此。我所在的那所破学校,门口也有家小酒馆,音乐声大得要把人的心脏凿穿一样,一帮不知天高地厚的大学生终日混迹在那儿,稍微遇见个认识的人就忙于递烟倒酒,好没意思。我只被带进去过一次,再不愿与那些人为伍。可廖小静看起来乐此不疲。她说,这是我最喜欢的地方! 我想,不过如此,不过如此。

可这酒吧却诡异得很。进门的地方一个人也没有,跟鬼屋似的。但音乐很温柔,仿佛一个巨大的旋涡,直把人裹挟进海底深处去。我说,这酒吧挺特别。廖小静得意地说,那当然。

酒吧没有一个服务生来招呼我们。廖小静直接坐到一张半躺的沙发椅上,两条腿交叉一盘,然后把背包里的电脑拿出来,支在腿上。我说,你出来玩还带电脑？廖小静说,在这儿都得用电脑。

这时我才注意到其他桌的酒客,几乎没人交谈,更没人喝酒,他们每个人几乎都半躺在沙发椅上,呈现一种半昏迷状态。不过确实,每个人都有一台笔记本电脑撂在旁边。我有点心跳过速,手心里冒汗,心想这个女人该不会给我下了药要卖我器官,或者把我带到什么违法犯罪的粉色场所吧?

廖小静像是觉察到了我的疑虑,解释道,这是一家以内核社交为主题的酒吧,用电脑登录这个酒吧的基站,就能让你的内核和其他人的内核进行互动。

啊?我觉得自己已经喝高了,什么也没听明白。

廖小静凑上来,像摸小动物一样顺了顺我的头发,说,小朋友,不用害怕,你也可以只点可乐喝,我在我网上给你点单就行。

我讨厌这样被无端地轻视,于是用玩笑的口吻说,我一个大老爷们有什么可担心?我是担心你在这种地方被人占便宜。

对面的女孩却羞报一笑说,要是你,那就没关系。

我感觉自己脸红了,赶紧岔开话题,说,不过你刚才说的那些我什么也没听懂,你能再说一遍吗?

廖小静不知道从哪儿拖出来一张餐巾纸,说,把刚才那笔给我。

我把信号屏蔽笔从裤兜里掏出来,说,这笔还能写字?

她说,那当然,隐蔽工作要做好。

我说,算你厉害。

廖小静拿着紫色的信号屏蔽笔在餐巾纸上画了起来,她先画了一个云状的东西,里面弯弯曲曲地爬满碎线。她说,比方说这是你的大脑。接着她又画了一个圆点,说,这是你佩戴的内核芯片,然后圆点和大脑之间被几束双向的线连接了起来,你的大脑会发送脑电波信号给这个芯片,对吧?芯片把信号发射给基站,基站再把处理过的信号通过芯片发射回你的大脑,于是你才看见、听见、感知到你的内核形态,你懂了吗?

我想这一套理论,张陪审员之前就给我讲过了。只不过经过廖小静再次点拨,我才发觉自己有点明白这套原理了。我说,照你这么解释,我的内核实际上就是我大脑产生的幻觉?

廖小静说,也可以这么认为。

我想象着皮皮听见这话,铁定会翻出一个天大的白眼。我接着问,那别人怎么可能看见我的内核呢?

她说,这个时候,另外出现了一个基站,干扰这种单一发射接收的模式。也就是说,你的脑电波发射信号,全部被这个另外的基站接收,然后这个基站把你我的信号全部发还给了你,这样一来,你就……

我抢话说,这样我就能看见你的内核了?

她说,是的。

我说,牛,真是牛,有你们这些科学家混迹的地方果然不一般。

廖小静把紫色信号屏蔽笔还给我,然后右手的中指悬在回车键的上空,说,所以你准备好了吗?

我说,那这玩意儿不算违法,对吧?

廖小静诚实地回答,你知道,内核方面的事务还没有详细立法,至少当下不算。

我说,这个"另外的基站"属于谁?

她说,听说这个地方是两所内核学校的毕业生一起办的,很神秘,不清楚底细。

我点点头。突然之间,我想起了张陪审员之前所说的问题,赶紧问廖小静,可是难道不需要密钥吗?你总不能不需要我的芯片密钥,就能对我的内核进行干扰吧!

廖小静狡黠地挤了一下眼,根本不需要钥匙。

我还等着她再说些什么。她却直接仰起脸,摆出一副十足无辜的神情来。这时候我才发觉,她小橘灯一样的圆脸,映出一层蓝色的电子的光。再抬头,我看见从房顶悬下来的,原来是一条海蛇一样弯弯曲曲的蓝色灯管。我说,那就来吧。

廖小静递给了我一个眼罩,说,根据我的经验,遮一下光,效果更好。

我半信半疑地戴上眼罩,心里盘算着,好在我当下没有任何生理上的不适,应该排除了被下药的可能,不过一旦有人要动我,我要立马反抗,如此不至于太过狼狈。廖小静却像是读出了我的心声,说,你放心吧,这个地方我和我朋友常来,不会出事的。我选择暂且相信她,于是彻底把上半身靠在沙发上。沙发里装着柔软的乳胶颗粒,身体一挨上,就顺势陷了进去,产生一种站在游泳池里偷偷撒尿而被暖流紧密包裹的奇异感觉。廖小静又说,这沙发是根据人的体温自发热的。

我已经没空理她了——此时我看见浑蛋皮皮正奔跑在一片海洋里。是的,它踩着水流和暗涌在一路狂奔,海洋因此变成了深蓝色的沙漠。海蛇和螃蟹都在它身边航行,海带和小丑鱼尼莫缠绕着它。我才发现原来一个人闭上眼睛,就能看见斑斓的万物。浑蛋皮皮畅快地跑了一会儿,终于把头探出了海面。海风是咸湿的,岸上的沙砾被风卷起来,触摸它黑色的鼻尖——不,是触摸我黑色的鼻尖。

这个时候我才意识到,我和皮皮又有什么分别呢?皮皮是我,我也是皮皮。于是我呼呼地甩了两下我的狗头,耳朵抽在脸颊上的声音很清脆。我看见不远处有一个拳头大小的小岛,我挥动着前爪、后爪,朝着我的目的地奔去。拳头大小的岛马上变成脸颊大小的岛,脸颊大小的岛又变成操场大小的岛。我看见岛上有房子,还有女人,一个穿着米色长裙的女人在岛上等我归来。我于是更加奋力地划水,仿佛我的身后,早就生出一片蓝色的沙暴。我也不管那沙暴要淹死多少无辜的和尚和白蛇,我只顾着奔向我前方自由的家园。

我想那等着我的女人定是有一张温柔的脸庞,我想拥抱她,捧着她吻上一口。可是自己的四肢却逐渐变得笨重,像是拖着什么重物在前行。一回头,我看见一只乳白色黑花纹的法国斗牛犬,像头肥猪一般,咬着我的尾巴不放。我使尽全力抖动全身,那法国斗牛犬纹丝不动。

我扭头朝它狂吠,说,你咬着我干吗?

法国斗牛犬朝我狂吠,说的是什么,我也听不明白。

一时间全然变了天地。我们所在的海洋,变成坚实的大陆。野雏菊盛开满地,一只肥硕的法国斗牛犬在我眼前疾速奔跑,跑着跑着又掉转头,朝我冲过来,我被结结实实地掀翻在地,花朵沾了满身。我感受到搏击的快乐,于是也效仿着,冲向那斗牛犬。它的肌肉是硬的,毛也是硬的,撞上去的时候,如同在撞一块风干了很久的肉。我竟然被完全弹开了。

法国斗牛犬又一边仰天叫着,一边引领我继续前行。大陆的尽头是个矮山包。翻过矮山包,另一面的世界在下雨,雨点有绿豆那么大,下着下着,又变成蚕豆那么大,再一会儿,天上噼里啪啦掉下来的,全变成了爆米花。我们仰着头跑,爆米花全跳进了嘴巴里,我们却不能因此停留。

穿过爆米花的大陆,我们来到虚无之境。这里空空如也,我甚至不知道自己脚踩的是陆地、空气,还是水流。或者我们正像两个宇航员,不,宇航狗一样,飘浮在外太空。也许我们正在月球遨游。法国斗牛犬冲我嗷嗷吠了两声。这次我竟然听懂了,它在问我,是否感到幸福。我也嗷嗷地回应,说,幸福,虚无之中的幸福。这个时候法国斗牛犬一跃而起,再一次把我扑倒在地,骑在我的身上。

这时我才发现,×他妈,这是只母狗!

我把眼罩摘下来的时候,发现廖小静正在大口大口地往嘴里塞爆米花。我大梦初醒,问她,你什么时候点的这玩意儿?

廖小静的圆脸顿时变得像猫一样狡猾,她回答,你不是也吃到了,一惊一乍的干什么?

我觉得脊背发冷,说,所以那个梦?

她说,我吃到了就是你吃到了,我看到了就是你看到了,根本不是个梦。

我说,你就是那只法国斗牛犬?

她说,那是我的内核,她叫巴爷,是我家以前养的狗,五年前去世了。

我说,我的叫皮皮,也是我以前的狗。

她嫣然一笑,说,我知道,皮皮是只好狗。

五脏通透的感觉立马消失殆尽,我现在只剩下冷汗直流。我赶紧解释,说,你别多想,我没想到事情是这样。

她说,有什么关系?至少很快乐,不是吗?

我说,真奇怪,我刚开始明明看见了其他人,一个女人。

她问我,是谁?

我说,我还没有看清楚,就被你……被巴爷带走了。

她说,竟然是这样。

我说,为什么你可以潜进我的梦里?难道像那部电影一样吗(我说的是由莱昂纳多·迪卡普里奥主演的《盗梦空间》)?

她说,我再说一次,这不是梦,这是你脑电波发出的信号,经过处理再送还给你的大脑。

我说,不可能,我一开始明明是在海里游泳。

她说,你看看周围的环境。

我环顾四周才发现,原来除了我头顶上的蓝色灯光,这周围还摆了珊瑚摆件、鱼缸和众多海贝做成的桌子,而我起初进来得慌忙,竟没有注意到这些。

廖小静说,你的大脑早就看到了这些,而你自己却忽略了,所以他们才出现在了你的潜意识里。从这个层面上说,这和梦境的形成有点相似。

我说,这么说我后来见到的那个女人,正是我心里所想?

廖小静点点头,也许是。

我的疑问更多了,那为什么最终你会闯进我的幻想?

她解释说,我不是和你说了嘛,这是让我们两个人内核相见的技术。也就是说,我的内核波也会传输到你的脑子里。

我说,所以那些……那些是你的……

她大大方方点头,说,没错,正是我内心所想。

我说,那么你也看到了我的想象?那站在岛上的女人究竟是谁?

廖小静说，不好意思，那会儿我还没进入状态。

我问，为什么后来我的想象就不见了？

廖小静闷了一口酒，略显尴尬地说，其实人的脑电波按照强弱不同是有分级的，弱的脑电波会被强的干扰和覆盖，所以……

所以我的脑电波是个弱智，因此就活该被覆盖啦？我全神贯注地低头看向脚下的皮皮，它正慵懒地肚皮朝上地躺着，眼睛眯成了两道缝，好不享受的模样。我更是气不打一处来，我用力踢了它一脚，空空荡荡，却只踢着了团空气。我又抬头问廖小静，那我能再看一次吗？很想知道那个站在岛上的女人是谁。

她指指墙上挂着的螃蟹壳形状的钟表，说，快要凌晨四点了，这边到了四点基站就关闭维护了。

我说，原来是这样。

廖小静把一杯边沿上抹盐的鸡尾酒推到我这里，说，给你点的。然后她站起来，把头绳揪下来，头发散落肩头，说，我去跳舞了，你自便吧。说完她就走去了舞池。

五颜六色的灯光骤起，舞池里已经聚集了一些男男女女，他们随着电子音的波浪踢踏着缓慢的舞步。而四点钟一到，震耳欲聋的摇滚乐则像轰天炮一样把整个酒吧的波浪拍打得稀碎。人们开始疯狂地蹦跳起来，像是脚底下踩了弹簧。这个时候我看见一个女人，披散着头发，爬到了巨型音响的上面。她摇摇晃晃地站起来，一把扯掉自己的衬衣，抛到舞池之中，只剩下深蓝色的胸罩随着摇晃，像两只凫水的水母。那女人头发飞起，露出苍白的圆脸。她的脸庞看起来充满诱惑又饱含忧伤，甚至熟悉得很。一个绝无可能的念头突然撞击我的脑袋——难道是她吗？真的是吗？那岛屿上的女人，也是她吧？

于是我走到舞池的边上,仰着脸,全神贯注盯着在音响上跳舞的女人。

白天拎着帆布袋子给我送衣服的,和这个穿着胸罩扭屁股热舞的,难道会是同一个人吗?

第二部分

一、"死亡山谷"

半夜十一点半，我驱车驰骋在古耳到三洋的国道上，不敢上高速路，怕被拍照摄录。国道坑坑洼洼，好在没什么车。我把廖小静给我的那支信号屏蔽笔插在空调出风口上，跟上香一样虔诚，只差跪地磕上三个响头，但求没人发现我们的行踪。至少目前还没人发现。

相比之下，黎喜雁坐在副驾驶座上，看起来倒闲散得很。我斜眼瞥见，她两腿一盘，手里抓着把瓜子，嗑得咔咔作响。瓜子是刚才她借口上厕所的时候，偷摸到小卖部买的。我本不让她到处瞎逛，但她整个人就跟个多动症的幽灵一样难以管控。车窗摇下来一道缝，专供她乱扔瓜子皮用。每当一个瓜子的外衣，如梭镖般嗖地向后飞射出去，我的心都会跟着揪紧般痛一下，仿佛那梭镖扎中的不是别人，正是我这个倒霉蛋。我甚至认为，内核设计院派来抓我们的安保特勤都不需要费什么工夫，只消一路寻着瓜子皮的路径走，不出多时定能抓捕我们归案。

事到如今唯一的安慰,只剩下廖小静无意中所说的:内核事务目前仍属于灰色地带,还构不成犯罪。也就是说,即使我被逮回去了(这无疑是必然会发生的事),他们也并不能把我关进局子,或者判个几年。顶多凭着"玩忽职守"或者"滥用职权"的罪名,将我"古耳区法院实习书记员"的名头给吊销了。这样一来,虽然的确有点对不起我表姨妈多年以来的悉心栽培,但也不至于说完全不能补救:毕竟今年冬天还有司法考试,只要通过了,我便又成一条好汉。

黎喜雁还在乐此不疲地往外扔瓜子皮。我实在看不过眼了,劝说道,不如你攒上一把,再一并扔出去。

黎喜雁摇头的幅度很大,说,那样一来就失去了嗑瓜子的意境。

我简直要气得吐血,只想马上掉头,直接把她送回去了事。

她却像是完全看穿了我一般,说,你不要想着往回走,既然已经到这儿了,继续走下去也没什么区别。

我想她说的是对的,于是闷着头继续开。但我的脑子里却始终想着另外一回事:死亡山谷。自打从那酒吧回来,这名字就始终在我脑子里挥之不去。那地方如果被命名为"死亡山谷",也不为过吧?我如此问自己,只是听不见来自浑蛋皮皮的回声(又要开车,又要听着黎喜雁嗑瓜子的噪声,内心很是担惊受怕,干扰太大,我根本感受不到皮皮。但我想这并不影响我和它之间真正的交流)。如果我把"死亡山谷"的秘密告诉给张陪审员和那些科学家,也许我就能将功折罪了吧?嘿,张陪审员,轻松一点。我私自放走黎喜雁也算不得什么大事,毕竟我把问题的最终答案带给了你们,对吧?只可惜我现在还不能完全想明白这件事的来龙去脉。但我有信心,凭借我的智商,只要好好动动脑子,总能成功的。

你说呢,皮皮?

除去行车看路,我几乎把所有的注意力都放在了思考"死亡山谷"这件事上。国道上没有车,也没有路灯,四周黑漆漆一片。我开始想象自己实际上是在空空如也的山谷之间行走,或是飞翔(就像皮皮可以奔跑在海洋里一样)。我把自己这边的车窗也摇下来,然后想象自己丹田发力,向着天地发出一声怒吼。——你不要误以为我不堪重压,彻底疯了,或者想以如此愚蠢的方式来发泄心中郁结。都不是的。我只是希望接收到来自空谷的回音。我(在想象之中)喊道"×你妈的"!空谷便以"×你妈的——你妈的——妈的——的——"来回骂我。这便是常理,对吧?可如若是换了一座山头呢?另一处山谷也会以一模一样的声音回应我吗?虽然我还不懂其中的原理,但是按常识来说,随着山谷构造的改变,回声也会产生变化吧。也就是说,换了一座山谷,回声也许就变成了"××你你妈妈的的……"

皮皮,你能明白吗?

我习惯性回头,以为自己思考得足够深入了,便能看见后座上四仰八叉躺着的臭狗,却没想到仍旧空空如也。但是无妨,我知道你始终在听着,皮皮。

这个时候黎喜雁打扰了我的思绪,她说,看起来你很依赖自己的内核。

被别人如此评价,我莫名有点生气,你为什么这么说?

她阴阳怪气地回答,这一路上,你总要回头看你那玩意儿,但总也看不见,说得没错吧?我猜是因为我对你的干扰实在太大。毕竟一名内核谋杀犯就坐在你旁边,量你的内核也不敢轻易现形,你说呢?

我心里发毛,但口头上却丝毫不甘示弱。你不要诓我,我说,内核的运作原理我也知道一点——你根本不可能影响到我的内核!

没想到她故作轻松地耸耸肩,说,我就是随便逗你玩玩。

我明白黎喜雁一定是想用法庭上的那一套,故技重施。她就是那种女人:时不时撩拨一下你脆弱的好奇心,等你对她充分感兴趣了,再张开血盆大口吞掉你,连骨头也不剩。这一招也许对张陪审员那种没见过世面的中老年男子管用,但我可不吃这一套……当务之急是……不能被她干扰……我刚才想到了哪里,皮皮你还记得吗?没错,山谷回声。简而言之,我一旦发出了声音,那么这声音本身就与我无关了。至于山谷可以回馈我什么样的回声,就完全取决于我所身处的山谷本身了。

如果用这种现象来解释内核呢?一个人的脑电波也可以被视作一种声音,只不过是完全听不见的声音。而隐匿于世界之中的内核信号塔台其实就是我们所身处的山谷。正如张陪审员所说,塔台接受来自我们大脑的声音,处理我们的声音,再以自己的形式反馈给我们以独特的回音。正常情况下,塔台接收脑电波,处理我们的负面情绪,再以"内核与主体进行对话"的形式,实现自我劝导——这也就是浑蛋皮皮平日里的工作原理。而廖小静带我去的 Blues 酒吧,其特殊之处在于,它使得我们走进一个神秘塔台的辐射范围之内。身处其中,我们脑中的想象被具体化,然后经由一种类似 VR 游戏的形式,使主体三百六十度无死角完全沉浸在自我的幻想世界中——这也就是我所感知到的,奔跑在海洋里的皮皮。

在这之前,我们始终认为脑电波的发射与接收只有一条通路,也就是脑电波经由我们的内核芯片被核管局的信号塔台接收,经过塔台处理,脑电波转化为内核波,通过内核芯片送还给我。如果有黑客要对我的内核做什么手脚,正如张陪审员所说,必须破解只属于我的"生物密码"。如此复杂的作业,普通黑客根本不可能达到。但是Blues酒吧则完完全全打破了这种僵局!如果真有一个黑客帮助黎喜雁来谋杀内核……我想,也许他其实根本不需要直接攻击内核系统吧?也就是说,更高明而万无一失的方法是……再建立一座类似Blues的秘密塔台。也就是说,凭空再造出一处山谷来!这样一来,在新山谷里的回声就算与原有的回声截然不同,也没有人能够监测到了!

难怪廖小静会说"根本不需要密码"。没错,根本不需要潜入什么DNA,破解什么大脑波形。张陪审员啰啰唆唆说的那一堆都不能做数。只需一座"死亡山谷"的存在,就足以杀掉一个人的内核!

我想答案就快要呼之欲出。皮皮在虚空之中挠着狗头,说,我们已经破解出了困扰众多科学家的谜题。

没错,黎喜雁一定能带我到那里……在这世界上的某处,必定存在着一个绝妙的"死亡山谷"。人的脑电波一旦被"死亡山谷"塔台接收,内核就会被其无情杀死,死状凄惨……这么说来黎喜雁刚才对我的威胁也不能说是言之无物了。

接下来的问题便是,"死亡山谷"的位置……这具体的答案恐怕也只有黎喜雁本人才能告诉我。但我想,应该和三洋脱不了干系。古耳区连同周围几座卫星城,都属于科技发达、秩序井然的高新技术城区。唯有三洋卫星城在"全国信息安全城区"榜单里常年垫底。记得地理课本里是如此介绍三洋的:因之地理条件恶劣(土地沙漠化严重),社会老龄化问题显著,无法吸引高新产业入驻……再加上各种废弃工厂如残垣断壁般横亘其中,被人恶意使用也难以发觉……这么说来,也许黎喜雁非要到三洋去,也许并不全是为了找那对狗男女报仇……也许她早就去过那"死亡山谷"了?无论如何,案件的真相唯有通过黎喜雁本人才能弄明白。也只有弄清楚真相,我才有可能在张陪审员和表姨妈的面前重获新生。这个时候我仿佛能看见皮皮了。它站起身,把全身的皮毛甩得扑噜噜响。到三洋去!它如此说道。

二、到三洋去

从古耳区到三洋卫星城,车程大概三个半小时。如果走的是国道,时间还要再拖长一个小时。现在接近午夜十二点,距离我们出发,已经快要一个半小时了。路面上依旧一辆车也没有,周围尽是黑漆漆一团,除去车灯所照之处,什么也看不见,连行路的月亮都没有。人生荒凉。我打算试着开始盘问黎喜雁(用一种尽可能自然的语气)。我说,我从来没去过三洋,听人说那里和古耳完全不同。你去过吗?三洋到底有什么不一样?

黎喜雁没有正面回答我的问题,她说,任何一个地方,只要你停留的时间够久,就都没有什么分别。三洋只是一个新地方,目前对于我来说是足够新的地方而已。

我问,既然哪里都一样,那为什么是三洋?一定是三洋吗?我其实真正想问的是:到底因为三洋有个劈腿的前男友,还是因为有座"死亡山谷"?话没有说出口。猎人的游戏,毕竟不能一开始就暴露了底牌。

她反问我,那你呢? 一定要住在古耳吗? 搬到其他地方怎么样?

我如实说,搬家实在太麻烦。倒不是说拥有的物件有多少,而是其他更多无法割舍的东西。

她打断了我,比如内核?

我点头,也算其中一个因素。如果旅行到太远的地方,内核的日常维护就成了大问题。去年我去南京旅游一个礼拜,出发前一天,还得特意到核管局把内核系统调至旅行模式,要不然就有可能造成信号的中断或者紊乱。当然了,管理人员也告诉我说,这一切都只是暂时的——等到内核技术覆盖全国就好了。

她冷笑一声,你真的这么觉得? 就凭这种狗屁技术?

我这才发现自己忽略了一点:黎喜雁作为一名内核谋杀嫌疑犯,必然是不愿意听人讲这种话的。如若我这一路想与她建立(一种虚假的)同盟,以获取我所需的情报,那么我还是有必要做些隐蔽功夫的。我咽了口唾沫,扮出一副求知欲十足的模样(我想最好的方法不外乎假装好奇这一种),问道,哦?你为什么这样说?那你认为内核技术的弊端是什么?

说罢我偷用余光去瞥,只见黎喜雁把车窗再往下摇了几厘米,将整个脑袋都伸了出去。仿佛她本身就是黑暗的,颈上之物也因此可以完全消失在夜色里。过了好一会儿,她的脑袋才重回到肉身上来。我耐心等着她正经回答我的问题,要是能发表些什么高谈阔论的大道理就更好。没想到她转了转脖子,然后回应道,你这么说话真恶心,假正经——你要是困了,也可以把头伸出去待一会儿。只一会儿,包你神清气爽。到时候我可以帮你看路,还有把握方向盘。虽然我没有驾照,开车还是不难的。

我不知道该接什么话,只好没头没脑地来了一句,你不会开车?

她冷笑一声,我要是会开车,还需要你这么个蹩脚司机来载我?没等我接着发问,她又解释道,我知道你想问什么,我学不了开车是因为黎桂平不让。目前的状况是,患有重度精神障碍的人,如果没有监护人签字,很多事情都干不了。比方说学开车,比方说去买药、买酒,去海边游泳、冲浪。估计也许很快就到拉完屎不能自己擦屁股的地步了?因为精神障碍的病人下手没轻没重,可能因此弄伤了肛门。

她说完以后自己咯咯咯地笑起来,像是刚讲了一个了不起的笑话。但是我一点都不觉得好笑,并且怀疑她也许正在发病。双相情感障碍俗称躁郁症,这种病虽然离我的生活很远,但其症状我也略有耳闻:"躁"时情绪高涨、狂躁;"郁"时情绪低落、嗜睡,甚至产生自杀念头。心境转换迅速,如同乘坐跷跷板,当下黎喜雁显然是"躁"的一头占了上风。实话实说,我心里有点发怵,怕她真的狂躁起来,伤害了我。但从另一个角度来看亦有好处:此时她话密,倒是方便我探听消息。如此想着,我又不由得产生一种难以忍受的羞耻之感,直觉自己是在利用对方的病情,以达到自己不可告人的目的。

黎喜雁拍拍我的肩膀,你怎么不说话了? 你困了?

没有困,我摇了摇头,心里突然想起另一件事,便说道,之前廖小静同我说过,内核事务目前还没有立法,属于灰色地带。也就是说,即使你杀害自己内核的证据确凿,至多只能对你实施行政处罚,教育你严格遵循内核使用守则,或者之类的手段。不管怎么说,他们也没有理由可以把你拘留在内核设计院啊。

她用鼻子哼了一声,你这个小孩看起来挺聪明的,实际上可一点也不能触类旁通。我刚不是说过了,好多事情需要监护人同意。

我说,你的意思是,通过你母亲的授权,他们才可以将你扣留在内核设计院,进行问询?

她说,如无意外,搞清楚事件原委以后,他们就得拉我去做第三次植入手术。那个手术你听说过吗?就是把你整个人绑在一张床上,然后架起一堆仪器,用电线做成的头盔,把你的脑袋紧紧箍在里面。然后手术开始,他们把钩子伸进你脑袋里,一点一点,就跟用牙签剔虾线一样,把你的记忆从你脑子里都剥干净,最后再把那个该死的芯片插回到你身体里去。

这样说来岂不是人就跟个坏掉的电冰箱一般?我感觉有点胸闷,你怎么会知道这么详细的?进手术室之前,人不都已经昏迷了?

她说,你傻呀。因为是剔除记忆,所以当然得趁你清醒的时候来做。你昏死过去,他们还怎么监测你的大脑活动?

我想象那种血腥的、被生吞活剥的场面,感觉有点想吐,你快别说了,这个过程太残忍了。

她不理我,继续说,但是最难受的还是手术之后,你明白你人生的拼图已经残缺了好多块,但具体是几块不知道。就算知道少了几块,也永远都找不回来。你这辈子都无法再面对自己,你连你自己是谁都不知道了。能理解吗?

我的心如同被搅拌机乱搅一通,导致有点腿软。我说,这回我明白了,但是你放心,说什么我也把你安全送出去!——说完这话,我旋即产生一种十分古怪的感觉:我的确是对黎喜雁的经历产生了强烈的同情,但这也不足以解释,我为什么会下意识脱口而出这种话?这完全不是我的真实所想,简直莫名其妙。再仔细思索一会儿,我倒几乎可以确认了:定是黎喜雁这个女人操控我做出了这种承诺。联系到表姨妈也曾经讽刺我"终将成个妻管严的废物",我不由得倒吸一口冷气,难道这便是我生而为男人的最终宿命不成？但不管怎么样,黎喜雁刚才说的那些,真实度有多少值得怀疑。估计是把用来对付张陪审员的那一套对付我了。我深呼吸两下,为建立我俩之间坚固的同盟关系,索性将计就计,我说,可是我把你送到三洋以后能怎么样？三洋又不是什么深山老林,你躲进去他们还能找不着你？以目前的技术来说,你能躲过两天就算万幸了。

我迅速扭头,看见黎喜雁脸上闪过一丝类似得意的神情。她说,这你不用管,到时候自有办法。

那办法到底是什么？我没问出口,问出口就显得太刻意了。我只好说,那行,反正我们的目标就是成功开到三洋去。

她没再说话,用鼻子哼起旋律来,仿佛我们正行驶在加勒比的黄金海岸,樱桃小番茄味道的假日里,夜风都变得可爱起来。

三、歪鼻子浑蛋

又过了半个小时。凌晨十二点半左右。黎喜雁突然从屁股兜里掏出一包皱皱巴巴的软盒烟来,拉开密封条,烟盒纸拽出来团成团,一并扔到窗户外边去。她问我,困吗？来一支？这大晚上的。

我拒绝了她,我不会。你烟哪儿来的？

她假装咳嗽一声,刚才在小卖部和瓜子一块买的。说完她自己取出一支来,又打袖口里抖落下来一只很小巧的打火机,她说,打火机是我自己顺的,就当是店家送给我的小礼物。她语气显得颇为理直气壮。世界上竟然有这种人存在？

我戳穿她，你这就是顺手牵羊，没什么好狡辩的。

她没有搭理我，却说，看你精神头不错，年轻就是不一样。

我说，这没什么的，我白天补过觉了。

她说，就为了晚上营救我？

我说，事情都是莫名其妙发生的。临出发前那一刻，我都没有确定要帮你。

她问，现在确定了？

我笃定地回答，确定了。这不是假话。我确定自己一定要从她身上找到"死亡山谷"的秘密。虽然到了三洋把她放了只能算是顺势而为，但从客观上来讲也确实是帮了她。举手之劳也是功德。

她又问，那你为什么救我？

我斜眼瞟了一下右边，开玩笑地说，还不是看你长得漂亮。但事情的实情我没法和她解释，可一时又想不出什么蒙骗她的完美理由，于是只好这样说。

没想到她竟扑哧一声笑了，嗯，没错这就说得通了。

她买账了？真是个自恋狂。

我不再说话，装作认真开车的样子，实际上在心里默默复盘着今天发生的所有事。一切发生得太快，如佛语所云，如梦幻泡影，如露亦如电。我被一股不知名的力量推到此时此处。而那股不知名的力量的源头，我想就是从那个叫作廖小静的圆脸少女把住我的手开始的。没错了，廖小静，这一切都要怪她。

当然客观来说也不能完全赖她一个人，如果非要说责任，那么廖小静口中那个"歪鼻子的浑蛋仇人"也脱不了干系。说到那个人，不知道他现在怎么样了。是不是还在盯着个假的监控录像，做着自己的白日梦（白夜梦）？等到他明天白天给黎喜雁送早饭的时候，才会发现事情的真相吧。到时候如果足够幸运的话，我早已驱车回到内核设计院，装作一觉睡醒，岁月静好。当然我对这种可能性根本不抱太大希望。但最起码我也拿到了关于"死亡山谷"的情报。正所谓将功补过，亡羊补牢，犹未晚也。最后倒霉的就只有"歪鼻子"一个人了。

我问廖小静，那个男看守，你那仇人，我们得把他放倒吧。你可有强效安眠药，或者镇静剂什么的？

廖小静说，用药的话总会被查到，到时候做完血液检测就不好解释了，他总不可能自己给自己下药吧？

我说，那怎么办？你怎么不早说？

廖小静嫣然一笑，仿佛一只脸圆又狡猾的小狐狸，不过我昨天一早就黑进了他的系统，给他的电子手表增加了个信号屏蔽功能。就像我给你的那支信号屏蔽笔一样，他的手表也可以让监控录像不停回放过去的画面。

我说，可是到时候他们也一样会发现有人给他的手表动了手脚，这和下药又有什么区别？

她凑上来，用手指弹了一下我的脑门。傻瓜，她说，当然不是你想的那样，把表拆开再装回去，等着被他们发现。我是通过远程改造的，只要他的那块表能接收电波信号，我就有办法黑进去，然后等事成之后再将表恢复成原样。谁也不能这么快就逮到我们，你懂了吗？算了，说了你也不懂。

我说，我确实不懂，普普通通的手表怎么也能被黑？

她说，是电波手表，需要接收来自基站的电波信号的那种。这世界上的东西，只要和外界有所联系，就一定有破绽。

我说，照你这么说，万事万物岂不是都可以被黑客利用。

她说，理论上讲是如此。

我说，但是还有一个疑点，如果到时候他不戴表进去呢？

嗯，她思考了一会儿，才说，根据我对他的了解，那块破表他是天天都带着的。但如若果真家门不幸，偏偏今天就没带……没事，那我也有后招。只不过要我去冒一点险。说完她拍了拍我的肩膀，总而言之放轻松，有我在，一定没问题。

我低头，见一只娇小白皙的手掌搭在我的肩头。我的肩头乃至全身都因此感到微微发烫。这小丫头，倒真像个武林高手给我输送真气一般了。我问她，你说我们这样做算是行侠仗义吗？

她说，那肯定啊。一边解救无知妇女，一边严惩卑鄙小人。双赢。

我说，那你再给我讲讲，你那个仇人，那个歪鼻子，他到底怎么卑鄙来着？

廖小静从地上捡了块小石子，放在手里掂着玩。这个人本名叫陶正达，她说，但我们几个私下里管他叫"陶歪达"。虽说取笑别人的生理缺陷不太道德，但这也不能怪我们，对吧？毕竟这个人的所作所为，实在有点不配叫"正"这个字。

我说，有道理，陶歪达，你接着说。

她说，陶歪达和我是同一级同一班。从一入学开始，他就开始对我进行了猛烈的追求。比如，我过生日他给我扛来一个一米多高的玩具大熊，我最讨厌毛绒玩具了，放在宿舍床上别提多占地方。再比如,平日里有事没事给我送水果,美其名曰美女更要多补充维 C。当然他这样做也不能怪他,实在怪我自己过分美丽,你说,对吧?

我说,对。心里实则快要呕吐。

她接着说,结果你猜怎么着,我就想着跟他试试吧。结果没到两个月,我才发现他对隔壁内核工程系的一个女的也进行了一模一样的追求。恶心人吧? 蜈蚣男!

我点头,说,嗯,确实是个极品渣男。我的后半句话是,但这也顶多算是作风问题,罪不至死,不是吗? 咱们这么一搞,他可就彻底毁了。

廖小静却说,你认为这顶多是作风问题吗? 从你的角度看也许他确实罪不至死,但你有没有想过那是因为你站的角度与我们都不一样?你知道他后来劈腿的那个女生退学了吗?她是做内核设计的。你知道一个人要经过多少层筛选,才能考进这个工程系吗? 听说他们在一块还没到两个月,这个浑蛋就对她动手了——后来这个女的给我打过一次电话,说想要告他,问我有没有也受过他的虐待。

我也问,那你呢?

廖小静停顿了好一会儿,把手里的小石子用力掷出去,说,我也不知道那算不算,就是刚在一起第一次的时候,我特别疼说不想要了,结果他用了强。

我心里咯噔一下,不知道给出什么样的回答才得体。其实同样的考验我在去年也经历过了,只不过出于我自认为自己是个真正尊敬女性的人,所以并没有强迫当时的女友(另一方面,她一边大声叫疼我也实在不敢继续,因而直到现在还是个名不副实的“处男”),而是躲到厕所偷偷进行了一通自我“疏导”。但是怎么说呢,我也是经历了一番心理上的挣扎才克服了自己的"男性本能"。在事后我还曾经懊悔过，这样做是不是不够具有"男子气"，她会不会因此而看不起我。

廖小静又说，我当时犹豫了没说出口。后来听说隔壁系那女生就退学了，具体告没告他也不清楚了。后来我越想越后悔。要是当时我也站出来就好了。也许那样做了，退学的就不该是那个女生了。

我安慰她道，但是这种事也不能怪你，归根结底还是要怪那个歪鼻子浑蛋人渣。

她看着我，瞬间眼睛里好像有眼泪涌现，但很快又消失了。她故作轻松地说，能这么说还算你三观挺正。

这个时候我突然想起之前轰动一时的古耳区某女杀夫案。当时庭审，我坐在最后一排，远远看见四十岁的犯罪嫌疑人钟某某始终把头低着，由始至终我没有看清她的正脸。我记得她说，曾经上诉过离婚，但是"最终被劝回去了"。在街道妇女援助中心住过三个月，再回去的时候，他"对我下了狠手"。这是她的原话。我才发觉自己在之前，乃至现在，都根本没有办法想象女性在社会与家庭中所可能遭受的极端不公，同时我也完全低估了女性逃离所谓"男权家庭"乃至"男权社会"的困难程度。我想，最难的一部分正是在于，也许每一个男性都可能在潜在意义上成为"犯罪者"，就连我自己也不能幸免。

想到这里，我几乎确定了一个念头，不管怎么样，我今天都要替天行道！

突然之间有人推了推我的右胳膊。我转头看见黎喜雁的脸。她说，喂，你在嘟囔什么呢？

我直言道，替天行道。

她说,什么意思?

我说,严惩渣男。副驾驶的窗户缝里刮着呼呼的夜风,我听见自己的声音都在冒火。

黎喜雁说,嗯……

四、心里的黑洞

你喜欢那个女孩,是吧?黎喜雁突然之间没头没脑来了一句。

我问,你说谁?

她说,和你一起救我的那个小姑娘。她叫什么?

我说,廖小静。廖小静?你快别搞笑了!我脑子里实际上闪过表嫂的脸。就算我真的还会爱上某人,那也必须是个像表嫂一样的女孩。廖小静? 相差甚远……

黎喜雁又问,你今年多大了?

我说,二十岁。

她说,正是恋爱的好时候。如果我二十岁的时候也认认真真恋爱就好了,也许人生就不会这么难以忍受。

我问她,那你二十岁的时候在干吗?

她说,在报社实习,每天跑新闻,整日灰头土脸的,还不爱洗头。

我说,那倒是充实有意义。

她说,还可以,比现在强。起码那会儿是真的在跑新闻。办公室有张椅子,一年下来,也没坐过几次,稿子几乎都是在出租车上写完的,和很多人聊过天,被追着打过三四次。有一次揣着 DV 摸进了个黑工厂,差点人没出来,被人放狗追着咬。当然最痛苦的事莫过于整理录音,大半夜的打开录音笔,我就开始脑袋疼,就跟有人拿电钻钻你脑壳一样。不过现在想想还是开心的。起码能感受到自己还活着,身边其他人也活着。

我不理解她说的最后一句话,可现在我们也还好好活着呢,不是吗?

她没有回答我的问题,继续说,我记得有一次去采访一个所谓的文化界人士,是个老头,五十多岁了,一头披肩长发,脸又黑又长,看他长相,老实说不像是五十多岁的人,更像是个……老妖怪。到这儿我没绷住,乐了一下,这女人说话,实在匪夷所思。她接着说,我就去采访他啊。前一天熬了个大夜,拟了个七八页的采访大纲,带着去了。我当时具体问了些什么,不记得了,只记得那老头回答我的时候,用手比画出来一个碗大的圆,跟我说,他在印度,肺管子里破了一个这么大的洞,不能去医院,就天天搁床上躺着,没有吃的,天天发面饼子蘸酱,还不是照样活下来?我发誓这不是我要问他的问题,但是我听着也怪有意思的,就继续问下去,当时发生了什么?怎么会生这么严重的病?那老头回答我,说,烟还是照抽不误,现在抽一口烟,比没得病之前,你猜怎么着?一口下去,通透。我又问,那您现在这病情恢复得如何?老头又说,如今的政策好啊,古耳区好啊。现在住在这儿,我就什么都不想了,我满足了。小姑娘你满足吗?我觉得你必须得满足。不满足可不行,古耳区好啊。

我实在听不下去了,问黎喜雁,这人是个聋人?

她说,不是。

我说,精神不太正常?

她说,老头是某著名线上杂志的主编,那破杂志早些年销量还挺高。

我说,难道真正搞文学的都得这样?

她说,老头是志愿者。

我问,什么志愿者?

她说,内核第一批志愿者。

我说,这不可能吧？你的意思是内核能让人变成痴呆?

她说,老头也不是痴呆,工作起来还挺雷厉风行。

我说,那他怎么这样?

她说,有一个英文单词叫 self-absorbed,你知道什么意思吗?

我说,我英语不行。

她说，就是说你的自我就像个看不见且深不可测的旋涡一样,你被卷进这个旋涡里了。

我说,意思就是"以自我为中心"的那种人呗?

她说,我不知道怎么解释这个词,但我认为并不全是以自我为中心。更像是,他身体里确实有个黑洞,每走一步,都在向着那个黑洞探索。但是他永远也靠近不了那个黑洞,因为黑洞就镶嵌在他自己的体内。你能明白这种感觉吗?

我说,我不太明白,意思就是人在终其一生了解自己呗?

她说,也不是这个意思。黑洞就是个黑洞,不是什么五彩斑斓的山洞,不是什么溶洞、水帘洞,你懂吗?向着那个黑洞走是无意义的。如果真的在探索自身的话,那么看到的不应该只是黑洞。这么说能明白吗?

我说,也就是说,这个人固步自封,一点也不寻求进步,同时还特别以自我为中心。这么解释如何?

她说，有点这个意思。

我感觉自己彻底被黎喜雁带跑偏了，赶紧回到正题，那这和内核又有什么关系？我们都使用了内核技术，但我们也没有变成和那个人一样啊？

黎喜雁却说，真的没有变成吗？还是只有你以为你没有变成？我说的那个老头只是个特殊的表现形式，但本质上大家都是一样的，不是吗？

我说，太深奥了，没听懂。

她说，自从有了内核技术，人类的终极命题就变成了"如何与自我相处"。你还会关心这个世界是什么样吗？还会关心其他人是什么样吗？

我觉得这一点她犯了严重的错误，于是纠正道，可是内核并不会阻碍人类的正常交流啊，就像我们在说话的时候，我根本看不见也听不见我自己的内核啊！

她说，看不见也听不见是问题的重点吗？而且你真的看不见也听不见吗？就算眼睛看不见、耳朵听不见，你的脑子也看不见、听不见吗？那个在你脑子里，无时无刻不在说话的那个声音？

我说，就算没有内核技术，我们心里、脑子里也会有声音存在。那就是我们存在的本身。肯定我，皮皮，告诉我我说的是对的。

黎喜雁却说，不是的，这是不对的，人类的未来不应该是这样的。

这个时候对面车道迎面开来一辆银灰色的货车，与我们擦肩而过的时候，呜呜呜呜起高音长笛。我被吓了一跳，气不打一处来，立即摇下车窗，向着身后啐道，我×！我×——黑夜亦如此回应我。

隔了好久,黎喜雁才说话,怎么火气这么大?

我说,不好意思,刚才有点失控。

她追问下去,因为我刚才说的话?

我说,没有这种事。

她接着说,媒体终将消亡。

我没听清,问她,你说什么?

她说,如此以往,媒体终将走向消亡。

我说,为什么这么说?

她说,传统媒体走下神坛,每个人都变成内容上传者。信息核爆。之后带来的无法满足的空虚感,必然需要另一种物质来填满,开始是信息茧房,随后逐渐地,内核充当了这个角色。当所有人的关注重心都变得狭隘,狭隘到只容得下自我的时候,媒体必然走向灭亡。没有人会在意与他人的联结,每个人无一例外都变成 selfish bitch(自私的婊子)。人类文明将会剧烈倒退。最后只剩下几十亿个毫不相关的孤点。

我在心里告诉自己,黎喜雁肯定是发病了。她说的只是她的臆想,并不是真实存在的世界。但如此想着,也并不能阻止自己的头脑被她搞得很乱,心里也烦躁得不行。而且我词穷,找不到反驳她的理由,只想大声跟她说,人类并不是这样的,从远古的混沌中蹒跚走来,人类永远都充满希望。

可怎么也喊不出声音来。

隔了好久,黎喜雁又点了一支烟来抽。长长一口烟气吐出来,熏着了我的眼。她问我,你还记得内核并不存在的那些日子吗?

我有点恍惚，什么？

她重复一遍，我问你还记得内核并不存在的那些日子吗？

我想内核成为我们生活的重点已经很久了，久到好像很难将它从我的意识里剥离开。换句话说，它更像是与生俱来的东西。如果没有内核的话，我无穷无尽的意识将与谁对话呢？现在要问我内核出现之前的日子，那是什么时候呢？

还没等我回答，她又说，或者说你还记得自己被植入内核的那一天吗？这一整套东西都像是一场梦一样，人是不知不觉走到这一步的，你从来不记得梦的开始，不是吗？

我惊讶于她可能也看过《盗梦空间》，现在中意看老电影的人属实不多了。我思索了一会儿，回答说，关于植入内核的部分，其实我还是通过后来的科教片明白的。

我在高考结束后的暑假，确实看了许多奇奇怪怪的纪录片，其中有一些就是关于内核技术的。我记得其中一部纪录片里面确实讲述了，在给人的大脑注入内核的时候，科学家会将整个过程隐藏在日常生活中，争取不露痕迹。比如我记得特别清楚，那部纪录片的主人公是个幼儿园老师，他们就将植入手术模拟成为一场午觉。那个老师只记得有一天中午自己是在小朋友睡觉的床上睡着了，其余再没有什么记忆了。也就是说，内核植入的整个过程，只会被简化成生活中一件不太寻常，却也无伤大雅的小事，就像生活的一个小疤痕。但我始终忽略了这个细节。直到当下，我重新审视自己的人生——属于我的那个小疤痕究竟隐藏在哪儿呢？

我接着说，我记得小学的时候有一次被旁边学校的几个高年级的同学欺负，我被其中一个人踹了一脚，后来怎么回的家，忘了，也许是那次？或者有一年暑假，我没写数学作业，整本练习题全空着的。我后来就开头补了两三页，结尾补了两三页，就那么交上去了，老师到底也没发现。可能是这次？

黎喜雁打断了我，要不是她打断我，我还打算继续说我睡觉掉下床、公交车坐过站、莫名其妙在商场迷路等一系列迷惑行为。她说，你知道内核大规模植入人体其实只有五年时间吗？在那之前都是志愿者。五年前你多大？

我回答她，五年前我十五岁，刚上高一。我感觉十分莫名其妙，怎么会只有五年？倒像是有一辈子那么长了。

她说，我知道你在想什么，我刚开始也这么觉得。但就像是做梦一样，你得首先承认是梦，才能开始辨认梦与现实的边界。

我觉得她说的话开始变得深不可测起来，而且我的脑子里出现了一个莫名其妙的念头：有一天我救出黎喜雁，然后和她在车上进行一场如此玄幻的辩论——难道这样的场景不像是生活中的一个古怪疤痕吗？也许当下这个时刻，才是我真正被注入内核的时刻？也许时间早就不是线性的了，他们潜入了我的未来，给我注入了某种东西，然后对我的过去产生了不可磨灭也不可逆转的改变……难道这才是问题的答案吗？

这个时候我被一个很大力的耳光打醒，吓得一激灵。我稀里糊涂地问，怎么了？

黎喜雁说，你刚才都打盹儿了。

我觉得右脸发麻，我怎么可能打盹儿？我只是……

她说，我知道，这也是内核的副作用之一。有时候你以为自己在思考，但实际上已经睡着了。

还不等我反应,她又说,靠边停吧,我看前边有个小卖部,你去洗把脸。

五、小卖部惊魂

我在小卖部买了两个圆筒冰激凌,给了黎喜雁个巧克力的,我自己拿个草莓的。她很熟练地把包装纸扯下来,一口咬下去,圆锥体就缺了一大角。我先没吃,拿冰激凌滚我的右脸(这个时候我的右脸已经开始隐隐作痛了),像是女孩子用的按摩仪,我见我表姨妈(偷我表嫂的)用过一次。然后我突然想到我的表嫂,和那个只穿胸罩跳舞的女孩子重叠成了一个人影。难不成是那天吗?难道那也是我生活中的古怪疤痕之一吗?

黎喜雁倚着一根电线杆柱子,啃冰激凌的姿势都显得异常颓废。吃了一会儿,她抬眼看我,我下手重了,是吧?

我说,还行吧。

她说,第一次被女孩揍?

我说,我一般是个正人君子,这种机会少。

她突然笑了起来,一咧嘴,黏着巧克力的门牙露了出来。

我说,其实你挺开朗的。

没想到黎喜雁立马变了脸色,以一种极其阴冷的表情,仿佛是从上而下地打量着我,其实她和我差不多高,但她发起怒来凭空又增高二十厘米。她说,我知道你在想什么。你其实和那些人都一样,一直以来都只拿我当个神经病看,对吧?但是你懂吗,就算我是双相情感障碍的病人,这也并不意味着我和你们就有什么区别。再退一步说,就算我和你们真的有点区别,你们也不能因为这点区别就剥夺本应属于我的权利。

说到这种问题,我就开始紧张,手心冒汗。我想了一会儿,才说,我刚才说错话了,我先跟你道歉。但是我想你明白那不是我的本意。首先,我并不认为你和我之间有什么不同的地方,其次,我想澄清的是,正如你刚才所说,重度心理障碍的病人的确在一些事情上面有一定的限制。这是本区法律试点工程。本意是为了防止病人做出任何伤害自己或伤害他人的行为。当然你可以说这种规定存在一定的缺陷,后面立法听证的时候也一定会根据民意进行修改。但其本意确实是为了保证心理障碍病人的权益,并不全像你所说的那样。

黎喜雁很轻蔑地笑了,说,我就说你这人假正经,略显油腻。

我仔细掂量她的神情语气,判断这应该只是黎喜雁这种人开玩笑的一种方式。我尝试以同样的玩笑语气回应她。我说,你这人倒是真性情,只是确实吃相难看,巧克力糊一嘴,略显智障。

她果然笑了。小卖部孤零零立于旷野之间。笑声被风一吹,仿佛就散了。

这个时候,从我身后突然响起一串脚步声,着实把我吓了一跳。回头去看,才发现是小卖部的老板追了出来。我刚才买东西的时候本以为那老板是个五大三粗的壮汉,没想到当下这个人从摇摇椅上起身,走出店门,走到我们面前,我才发现他原是个长了一张巨大脸庞的小矮胖子。大约比黎喜雁还要矮上半头。这个矮胖男人摇摇晃晃地一路颠到我们面前,手里还举着两张人民币,他喜气洋洋地和我说,小伙子,你还在这儿太好了! 刚才少找了你两块钱,我赶紧给你送出来。

我这才稍微松了一口气,忙说,嗨,没事的,不用麻烦了。

矮胖男人说,这年头用现钱结账的人真没几个,好久没点过钱了,这不,就弄错了。

是的,我为了防止暴露行踪,就用了现金结账。但现在看来,如此却是更引人注目了。我心里又开始为另外一件事紧张了:对方该不会以为我是不法分子,要报警抓了我吧? 我于是打圆场,道,太感谢您了,我也就是想把手里这点零钱赶紧花了,带身上不方便。没想到还是给您添了麻烦,真是对不住。

男人说,是我对不住才是,来支烟抽? 大半夜行路不容易,国道也真不好开。

黎喜雁挺不客气,直接把烟接了过来,这让我觉得很不讲究。但还是顺着说,太谢谢了,这不,送我女朋友回城去,正犯困呢。

男人斜眼瞥了一下我的车,说,真好。然后他话锋一转,又问,你们是往古耳区那边走,对吧?

我留了个心眼,顺着他说,是啊,回去。

他说,古耳区好啊,听说你们那儿的老人小孩都已经有内核了,是吧? 哎呀,真让人羡慕啊。

我说,嗨,全国普及也就是马上的事了。

男人摆摆手,就算普及也是紧着你们这些大城市的人普及,到我们这儿还早着咧。

我说,有盼头。

他上下打量我俩,又问,你们这是去旅游了?

我讨厌别人如此刨根问底打听我的私事,却又不好意思彻底拉下脸来,只好敷衍道,探亲,老家有个亲戚病了。

他又问,老家是哪儿的?打这条道走的,八成都是古耳到三洋的。

我说,哦,是吧。

他说,你老家在三洋?那咱们可算是半个老乡了。我老婆就是三洋的!头几年她在卫星集团下属的电线厂上班,这两年才跟我过来做点小买卖,生活不易。

我心想着,大约是个爱攀谈的小生意人吧,便逐渐放松下来,应和道,是啊,不容易。

他又问,你们是干什么工作的?

我刚打算信口胡诌点什么,黎喜雁却凑到我身边来,伸手使劲拧了我胳膊一下,疼得我打了个激灵。我接到信号,赶忙说,太晚了,我们还赶路,先走了,下次有机会再聊。

这个时候矮胖男人却突然提高了调门,又问,你们这种人在做的工作一定很高级吧?不是说你们眼睛看到的颜色都比我们看到的好看吗?

我不明白他要问的是什么,也不再想理会,嘴上敷衍着没有这回事,便转身准备溜号。

没想到男人的嗓门又大了一倍,嚷嚷道,我听说,你们这些有特权的人能看到我们老百姓看不到的红色。有这回事吗?

我说,我不懂你在说什么。

他说,像你们这些人的孩子,生下来就能给分配一个内核,对吧?可到时候考学的时候,你们的孩子又和我们这些普通老百姓的放到一起了,你们有没有想过这到底公不公平?

我说，我们没孩子。

他又说，你们这些有特权的人考个试，脑子里还有个内核来帮你。那我们这些人算什么东西？低等动物，还是智障？

我有点生气了，把黎喜雁拉到我身后。我十分担心黎喜雁会一时嘴快，暴露她自己谋杀了内核这件事，彻底激怒对方，同时壮着胆子大声说，我刚才就说过了，内核全国普及是马上的事情。古耳区只是个试点。第一批试点，你明白吗？这并不是因为我们就有什么狗屁特权，只是说技术还在试验阶段。

男人却说，我闺女要是也有个内核，肯定就能考上大学。她要是考上了大学，我们两口子也不用在这种鬼地方活受罪。

我环顾四周，除去小卖部，尽是黑漆漆一片，如鬼蜮迷城。我心想此地断不能久留，得马上快跑溜走，没想到矮胖男人先一步走上来，拽住了我的衣领。你要做什么？我挣脱了两下，发现对方竟力大如牛。

矮胖男人一手揪住我的脖领子，另一手往身后的裤子口袋里掏着什么，我怀疑他有迷药或者匕首，心想此行怕是难逃一劫。我回头看向黎喜雁，想用眼神示意她拿了钥匙先走。没想到她竟嘴里叼着烟，低头搓起火机来，搓了三四下，才打着火。我简直要被她气死了，这个时候抽什么烟！只见她长长吐出一口烟雾来，开口道，我知道你什么意思了，你先把我老公放开再说吧。

矮胖男人说，开豪车压死了我的看门狗，要你们五万元不算多吧？

我简直纳闷，这里怎么还有狗的事？我可从来没见过什么狗啊。可黎喜雁对答如流，五万元可以，你猜得也没错，我们车上的确有现金。可你得先放开我老公,让他去拿钱吧? 男人没说话,黎喜雁接着说,你放心,亲老公,他总不能抛下我自己先走了,你看他那德行,放他出去也找不着比我再好的了。

矮胖男人笑了,松开我的衣领,假模假式地掸了掸手上的灰尘。

黎喜雁轻拉我的衣角,示意我先回车里。

我出于本能便听了她的指挥,径直往车的方向走。走出不到十步,听见身后传来男人"哎哟"一声的哀号。我赶紧回头,只见黎喜雁大叫着朝我跑过来。

快开车! 她喊着。

我于是也撒开了腿跑。车门其实没锁,我拉开车门就跳了上去。车子刚一打着火,黎喜雁就从旁边飞了上来,车子都被摇得晃了三晃。我一脚油门,走你! 之前从来没觉得轿车的马力可堪比飞机。

一溜烟开出去两公里,黎喜雁才开口说话,你没看见,后来从院子里追出来好几个人。

我也惊魂甫定,说,你把那胖子怎么了?

她喘匀了气,才嘿嘿笑着说,把烧着的烟头戳他鼻孔里了。

我不敢相信自己的耳朵,什么情况!

她说,本来瞄准的是他眼珠子,没想到他比我目测的还要高一点,哈哈哈。

我简直要给黎喜雁跪下了,你的正职该不会是黑帮老大扛把子吧,古耳十三妹?

她笑,说,这么老的电影你也看呢? 不过有一说一,我们当记者的,都培训过扫黄打黑。

我说,打黑也就算了,你还扫过黄呢?

她说,放蛇懂吗?穿的贼少,下身就一个小短裙、长丝袜,大冬天给我冻的。

我说,结果有几个人上钩?

她又把瓜子掏出来嗑,边嗑边说,陆陆续续站了俩钟头,一个人没有。

我停顿了一会儿,然后终于放声大笑出来。

黎喜雁却迅速收敛了情绪,特别严肃地说,有一瞬我以为那胖子是你们的人。

我也立马笑不出来了,怎么可能?

她说,我不信你,也不单是你一个人。我谁也不信。

我说,你信不信的,我其实也不在乎。

她说,但是现在我有点信了。

我说,那就好。

她说,那你想明白了吗,什么时候被注入的内核?

我不明白怎么一个人的情绪可以转换得如此之快,当我还沉浸在刚才冒险的时候,黎喜雁的心情却似过山车一样,转过不知道多少弯了。我感到很累,不知道是刚才在小卖部消耗了太多精力,还是思索内核的事让我几乎精疲力竭。失忆了,我说,一点也想不起来了。

六、时空交换

我在努力回想高一时候发生过的一件离奇古怪而无伤大雅的小事。

然后我想起了我们班坐在第二排的那个戴红框眼镜、剪着波波头的女生。她叫什么来着？白琳琳还是白玲玲，我记不清了，暂且叫她白琳琳吧。只记得她是我们班的政治课代表，总是在中午教室里没什么人的时候，手捧着一摞试卷，穿梭在课桌之间。她从来都是一个人发卷子，她把每一个人的座位都能记得很清晰。在我的印象里好像没有一个人帮助过她。

　　但是在某一个中午，我清晰地记得我帮了她一把，准确地说，是我从她手里抢过来了一多半的试卷来发。那天教室里一个人也没有，我找座位找得很慢，等我发完最后一份的时候，几乎全班的人都回来上自习了。

　　我到现在也想不明白，那天我到底为什么要帮白琳琳发试卷呢？如果不是我的多此一举，她日后也不必被人嘲笑说她花痴我。总有好事的浑蛋，趁着做课间操的间隙，从背后猛推一把白琳琳，把她狠狠撞在我的身上，像是在打一场非常不道德的台球游戏。有一两次，我直接被白琳琳撞飞了，浑蛋们爆发出那种一杆进洞的狂笑声。

　　如果是在那一天，内核被注入我体内，那那天的一切就都变成了假的，变成了他们（科学家们）为我精心伪造出的幻觉。也就是说，白琳琳后来的事情也不全是我的责任。如果真的如此，他们（科学家们）为什么要将如此沉重的镣铐系在我的脚脖子上呢？

　　后来有一天白琳琳开始不再来上课了，也再没人说她暗恋我的事情了。老师没有和我们讲白琳琳为什么不再出现，但是所有人都知道为什么。在白琳琳被她爸接走的那一天早上，她在数学课上狂笑了四十五分钟。刚开始数学老师还喝止她，她的同桌也劝她，再后来就没有人说话了，所有人只能听白琳琳笑得像是进入了另一重空间、看见了另一重风景。与她同桌的女生把自己的椅子拉开,和她保持一条走道的距离。

白琳琳成了个独立的剧场。

我问,所以是那天吗？ 我帮白琳琳发试卷的那个中午?

张陪审员用拳头堵住嘴巴,轻轻咳了一声,说,你再说一遍,你问的是什么?

我努力把双眼睁开,才发现自己其实是在内核设计院的一间小型研讨室里,面前树立着一面巨大的白板,上面用绿的、蓝的彩笔写着我看也看不懂的公式。我也惯性地跟着清清嗓子,说,不好意思,我还以为……

张陪审员像是捉住了什么漏洞,赶紧问,你说你以为什么?

我想这毕竟是一个无关痛痒的细节,于是照实说了,我以为我还在车上。

张陪审员饱含关爱地说,你太困了,得有、得有两天没合眼了吧? 要不然先让你休息一会儿?

我说,不用,还挺得住。

张陪审员放心似的点点头,继续问下去,所以你说的白琳琳是谁?

我没有回答这个问题,因为我懒得把和黎喜雁的对话、整件事情的来龙去脉全给张陪审员复述一遍。我太累了,只希望这一切尽快结束。我想抓紧时间招供,然后像雪崩一样轰塌,好赶在太阳出来之前能暖洋洋睡上个好觉。我说,我是想找到"死亡山谷"——我是说,找到黎喜雁谋杀自己内核的那个基站。

张陪审员饶有兴致地看着我,问,你说的是死亡的山谷吗?

我解释道,我猜想黎喜雁是找到了一个全新的基站,可以帮助她更改内核形态,我暂且管这个新基站叫"死亡山谷"。

张陪审员微笑而平静地夸了我,非常出色的想法。但是仿佛除此之外,他再也没有什么想说、再也没有什么想问了。

我觉得越发寒冷,真的像是赤身裸体站在雪山之巅。我急不可耐地继续交代,说,我怀疑"死亡山谷"位于三洋,所以我想带她到三洋去,看能不能套出具体的地址来。我们是开车刚进入三洋区的。对,我记得我们进入了三洋区,我们还路过了火车站,火车站的楼上用粉色的霓虹灯写着"三洋卫星城"五个大字。所以我确信……

张陪审员点头,说,对,你们进入了三洋区。

我心里陡然一空,那之后又发生了什么,竟然一丝一毫也记不起来了。我是被他们逮到的吗? 黎喜雁在哪里? "死亡山谷"被我找到了吗?如果记不起来这些,我就完全失去了交换的筹码。难道我现在俨然成了一块钉在毡板上的肉? 我强迫自己的大脑继续运转下去。我说,起初我以为自己的内核在三洋无法正常运作,功能会受损或者直接消失,毕竟那里并不是内核试点区。但是我发现,我的内核在那儿一丁点异常都没有。这也就印证了我的猜想,黑客是完全可以在三洋设立基站,干扰内核的。

张陪审员夸奖我,你果然进步很快。但除此之外,他又像是对我所说的话了然于胸,又像是丝毫也不感兴趣。

我在行动之前其实担忧过很多事:比如,担忧回到古耳自己要如何解释这一切? 如何把黎喜雁带走的? 是谁帮助了我? 为什么我会产生这样的猜想,是什么启发了我?但是当下我才发现,我之前竟没有发觉其中最大的隐患——漠不关心——漠不关心也就说明,我对于他们毫无价值了。

我必须再想起来后来发生的事情。哦,我记得黎喜雁说她到了三洋就有了脱身的法子。那法子到底是什么?她又到底有没有跑脱?我努力在脑中搜寻问题的答案。该死,竟然一无所获!我想攥紧拳头,重重砸到自己大腿上,却发现左手手掌绵软无力,攥成的根本不能算作个拳头,充其量是一坨棉花罢了。

这时我才看见,自己的手背上被扎进了一条非常纤细而且透明的输液管,管子里我看不出来是不是有液体正在往下滴。难道我在被注射空气吗?难道我在被行刑?可是正如廖小静所说,关于内核事务的种种,还没有法条可循。那么难道是私下行刑吗? 我大口呼吸,努力使得自己平静下来,不至于完全晕倒。我竭力遏制不让自己的声音颤抖,问向对方,这根管子是什么?

张陪审员拨弄了两卜墙角的仪器,和我说,别担心,我们是在治疗你的内核功能紊乱问题。

我说,什么紊乱了?

他绕弯子道,你的内核出现了一些异常,但没什么大碍。

我追问,症状是什么? 为什么会这样?

他说,最大的症状应该是对时间感知的模糊,也就是说你对时间的记忆有可能出现偏差。

我说,什么意思? 就是说,我刚才以为我还在车上,并不是一个偶然。

张陪审员点点头,同时安慰我,但这并不是什么大事,大概率是过度疲劳所导致的脑电波异常,休息过来就会无碍。

我说，那这根管子呢？你们在给我注射什么？

他说，这不是输液管，而是一条连接你脑电波的光纤，有助于稳定你的脑电波信号。

我说，你别诓我，真要是如此这管子应该插在我的脑袋上，不是吗？

张陪审员笑了，说，真是不错的逻辑能力，不过到目前为止，我们体内的内核处理芯片都是注射在用户手背上的，一方面是为了安全起见，另一方面也有方便升级换代的考量。

我点头，嗯，也有道理。

这个时候研讨室的门开了，呼啦啦拥进来了五六个科学家。其中一个我记得他的脸，是那个被饭粒呛着了的银丝边眼镜男。而眼镜男的身后还跟着一个女人，她也成为我这些天见过的唯一一位女科学家。他们进来也不看我，仿佛我根本是个隐形的存在，反而苍蝇一般轰地包围住立在墙角的分析仪器。他们叽叽喳喳地讨论起我听也听不懂的东西，而且大部分用的还是英文。我凭借自己少得可怜的英文词汇量努力辨别，发现学了十几年的英语终究是错付了。

那个女科学家穿一身白大褂，站在最外面一圈，踮着脚尖往里瞧。样子滑稽，像极了大街上围观打架的老太太。看了一会儿（估计是什么也没瞧见），她扭过头来看我，正好和我对上了眼神。

我吃了一惊，以至于喊了出来，廖小静？

仍然没有人理我，只是突然有人用中文说，现在形状正常了，只是能量值有点超标。

廖小静赶紧又把头转回去，像是从来没见过我这个人一样。

我有点明白了，廖小静玩的就是"仙人跳"。自己到底还是被钓鱼执法了。那么问题来了，黎喜雁到哪里去了？她也被逮回来了吗？关在我的隔壁？就像我第一次在实验室里见到她一样吗？我怎么什么也想不起来了？

　　我从 Blues 酒吧出来以后就扶着墙吐了。

　　廖小静也不嫌脏，走上来拍我的背安慰我，说，没关系的，这都正常。第一次开发内核社交功能的人多多少少都会产生排异抗压反应，头疼、连着打哈欠、呕吐、休克都有。

　　我说，还有人休克的？

　　不怕告诉你，她说，我第一次打这儿出来，直接就晕倒了，头正磕在那棵树的树杈上，头皮上还留了个疤。她一边说，一边拨弄着右边太阳穴后边的头发。

　　我用手抹了把嘴，说，你别找了，我也不想看。

　　廖小静嘿嘿地笑起来。早晨六点半的阳光洒在她的小圆脸上，她的小脸又恢复如小橘灯一般的明亮。她说，走吧，带你回去吃早饭——我们食堂的豆腐脑特别好吃。

　　我求饶，你快别说了，想吐。

　　她说，那行，你努把力，再吐点出来。一会儿我朋友开车把咱俩捎回去，他有洁癖，你争取别吐他车上。

　　我说，你一个小姑娘怎么这么贫？

　　她说，爱搞笑的女孩运气不会太差。

　　廖小静话音未落，我就又吐了。她硬凑上来，非要看我的呕吐物，看完以后自言自语道，算了，今天不吃豆腐脑了。

　　这个时候旁边一辆轿车响了三声喇叭，廖小静薅着我的胳膊把我弄上了车。她自己坐到了副驾驶座的位置。她朋友留着寸头，背影看起来就不像个好人。他也没回头跟我打招呼，只是问廖小静，你又给人喝大了？

廖小静把身子凑过去，手搭在那男人的肩膀上，很神秘地说，不是喝的，我俩来了一局。

男人佯装摆弄后视镜，实则是结结实实瞟了我一眼。这个时候我开始产生一种莫名其妙的、被物化一般的屈辱感。

快到北门的时候，廖小静帮着扯了一把方向盘，说，甭往前走了，就停铁栅栏的豁口这儿吧。

男人说，行，你下班了再给我打电话。

就在这个瞬间我终于憋不住，又要吐。我右手紧捂住嘴，左手准备拉开车门，赶紧吐在外面。然而猛一动换，事与愿违，褐色豆腐脑状的秽物在我右手施加的压力之下，终于不可遏制地沿着指缝，直喷射至车顶之上。我听见驾驶座响起一声惊雷，男人大骂了一句，"哎哟我✕了"！副驾驶座则爆发出哄然的笑声。廖小静笑完之后，出来打开车门，拉着我的手就跑，但跑了两步又折返回去。男人把车窗摇下来，还要骂街。廖小静抢先一步，捧着他的脑袋亲了一口，然后说，车你自己洗一下哈——她轻盈得像是一只晨起的麻雀。

男人走了以后，廖小静问我，你是故意的吧？

我说，哪能，真憋不住。

她说，你这个人太坏。

我说，你也没好哪儿去。那是你男朋友？

她说，不能算。

我说，你有多少个男朋友？

她把脸仰起来看着我,你要是同意的话,就你一个。

我说,我要是不同意呢?

她说,那你得容我数数。

我第一次发觉贫嘴的女孩其实也挺可爱的。

她扶住我的背,一把把我塞进了那个豁口,并且在我后面大声嚷嚷道,我开玩笑的,咱们还是正事要紧。

我莫名其妙又被豁口后边的草叶子抽了一脸。

她又说,早上七点开始就是我值班,我带你见她一面,好吧?

之后的记忆断片了。

——好像还没等我答应,下一秒我就出现在了关押黎喜雁的实验室。只记得我进屋的时候心脏跳得厉害,话都说不利索。但是黎喜雁却像是已经等候我多时了。她站在窗户的边上,阳光把她完全模糊成了个影子。她从阴影里慢慢走出来,我才越发清晰地看见她的脸庞,她比远看还要消瘦一些、苍白一些。其实也不是苍白,而是、而是像透明的河水,眼皮上的血管因此都若隐若现,鼻尖上浮着几颗雀斑,仿佛浮萍点缀其中。一切都是恰到好处的,连消瘦和苍白其实都是恰到好处的。

然后黎喜雁开口,声音却有点哑,她说,是你啊,白天坐在正中间那个。

我觉得有点尴尬,点头应和,是,书记员,我是。

她说,你怎么这么早?

我张了张口,竟然不知道怎么回答这个问题。

廖小静在我后面抢答——这个时候我才意识到她还站在我身后,她说,他想见一见你——哦,七点是我值班,这个点也没什么人,你们不会被发现的。

黎喜雁直接问我,你要见我做什么?

我支支吾吾答不上来,酝酿了很久,才鼓足勇气说,我要救你出去。

七、失去了顺序的时间

另一件事是离奇古怪而无伤大雅的小事。

我说,也有可能是那天。

嗯哼? 黎喜雁用鼻子挤出两个音。

我记得好像是个周五,我说,那天一下午的课我全翘掉了,跟着一个男同学,我们两人跑到了城北郊区的一个野湖边上坐着。具体是哪儿我忘了,也可能根本就没有那个湖,而且现在回想起来,就算去了湖边也没什么可玩的。我根本不会游泳,只能干坐着看风景,可哪里有什么风景?

黎喜雁饶有兴致地看向我,问,那后来呢? 见到什么人了吗?

什么人? 我说,完全没印象。所以我觉得就是那天下午没错了。我只记得我们当时转了两趟公交车,坐到最后一站就下车了,下来以后我们也不认识路,瞎走几步,正看见个大湖。湖边上长了好多芦苇,阳光底下一闪一闪的。但是那天后来又发生了什么,最后怎么回的家,全不记得了,就像是没有这回事一样。

黎喜雁发出了个长长的"哦",听起来有点失望。

我说,那你呢? 你还记得清吗?

她说,我只知道第二次。我坐在一列地铁上,地铁快到站的时候打了个趔趄一样，又像是脱轨，反正急停了一下。我扶着把手站着，结果把这个指甲盖给掀了——她说着，举起左手的小拇指给我看——但是后来完全没有手指甲受伤的记忆。

我听得直打冷战。得多疼啊，我感慨。

她说，没错，重点就是疼——梦见挨打通常是因为你自己身上疼。你有点明白了吗？

我说，你的意思是，联结幻觉和真实的关键是痛感？

她打了个响指。

我说，可是第一次呢？如果能感受到疼，第一次植入为什么记不清了？

她的声音阴沉下来，我说你这个人脑子怎么一会儿好一会儿坏的？你忘了我之前说过的，第二次植入手术才会伴随清零手术啊？把你脑袋瓜子豁开，然后他们把你关于内核的不好的记忆都剔除掉，而且为了监测脑电波，人是没有办法被全麻醉的。

我像是失忆了。她说完这些以后，我才感觉这番话的确似曾相识。我说，嗯，我 定是太紧张了，现在脑子的确不太好使了。

可是黎喜雁说，根本不是因为什么太紧张，你自己明明知道的！self-absorbed。这个词你还记得吗？现在你和我采访过的那老头比起来，根本就没有区别了！

我有点生气。你这样说太武断，我说，我只是精神不好，一时失忆或者记错了什么是常有的事情。

她说，不在乎。只有不在乎的人才会这么轻易地忘记别人说过的话！

我说，你不能这么武断地下结论。况且我永远也不可能忘记你说过的话，不可能忘记你。你是我在这世上最在乎的人。比我爸、我妈、我表姨妈、我表哥全部加起来乘以一百还要在乎，你这样说对我实在太不公平。

我身边的女生却说，你说你没有忘记我吗？你真的没有忘记我吗？可你为什么连我是谁都记不清了呢？如果你还记得，那么请你告诉我，我到底是谁？

我说，我知道你是谁。你是站在那海岸边穿一袭长裙的我的爱人，你是我此生最爱的人。等我醒来，等我醒来我就一定会知道你是谁。

黎喜雁伸出手，很温存地，抚摸我的右脸颊。你哭了，她说。

我说，没有，风太大了，把车窗摇上吧。

——恍惚之中像是来到了我的暮年，六十岁或者七十岁的时候，一个二十岁的女孩仍然热烈地爱恋着我。我却只好轻握她的手，羞于注视她的眉眼。我和她说，可惜你才二十岁。那天的路上也无人，夜风也清冷，开车的不再是我。

她说，不在车上了。

我猛然之间睁眼，站在我面前的人却变成了廖小静。其余的科学家都离开了，只剩下她一个人。我发现自己其实还坐在内核设计院研讨间的椅子上。椅子的把手连接着一张小桌板，我被牢牢卡死住，诚然像是被审讯没错了。廖小静蹲在我的面前，手扶着桌板的另一端，脸因此距离我的脸很近。我不愿意看她，她毕竟蒙骗了我。

廖小静说，不好意思，我刚才失态了，只是突然见到你哭了。她的声音很轻很温柔，比起之前那个把我硬塞进铁栅栏豁口的，简直像是换了一个人。

我心里的忧愁全变成恼火,心想你装什么装,真是个双面人。

她说,你刚才打盹儿了。

这下我是真要气死了,我说,连打盹儿都不让吗?熬鹰可都不带这么狠的。

她很耐心地解释,并不是说打盹儿不行,而是你的脑电波出现了异常。

左边我插着光纤的手已经酸软到快抬不起来了。我指着管子,故意阴阳怪气地说,我知道,张陪审员说过一遍了,我要是没出现异常也不用跟这儿输液,你说对吧?

廖小静站起身,又退远了一步,很居高临下地看着我。她的小圆脸因此几乎拉长成了个马脸。但她的声音仍然是平和而温柔的。我知道你在生气,她说,但是你不应该这样对待我。

哦?我语带讽刺。

她说,骗你的人毕竟不是我。

我说,这么说是得有人拿刀逼着你这样做吗?

她说,首先我想澄清一点,你可能是把我认成了廖小静。

我简直要气笑了,我说,你不是廖小静请问你哪位?

她却说,我叫廖小安,廖小静是我双胞胎姐姐。

我觉得自己简直就是在听什么天方夜谭,还是非常草率的那种盗版故事集。我说,你太逗了,要这么说的话,你叫廖小安,但你是妹妹,叫廖小静的反而是姐姐?难道说你们家管"安静"叫"静安"不成?

她却说,不是的,那是因为我妈妈是上海人,她老家在静安区……

我一下竟然不知道接什么话好，只能冲她竖了个拇指，牛。

她又说，但是廖小静骗你也不是成心的，她实在没别的法子，这是唯一的机会了。你可能也知道，她念的是内核安全系，本来就是基数大、竞争激烈的行业，身为女生就业的机会就更少。

我说，所以就利用我吗？

她说，我觉得你是个好人，就把这件事的来龙去脉都告诉你好了——其实这个主意也不是廖小静自己想出来的。而是他们（她说着用手指了指外面）找到了廖小静，说经过匹配试验，她的内核动态和你的十分吻合，换句话说，也就是你俩比较容易交上朋友。所以他们就问她，有这么个机会她愿不愿意干。

我说，这么听来也没人逼她啊。

她说，虽然明面上没人逼，但是你知道，内核安全系是个三年的项目，廖小静今年马上就要毕业了。她综合评分在年级里排得比较靠后，按现状分配的话，她最理想的情况只能留校做个安保。做安保就意味着天天调监控、看大门，你能明白吗？

我嘲讽道，那她不好好学习也要我来负责吗？

她说，其实本来廖小静成绩是很好的，就连防身擒拿课她都能排到大部分男生前面，本来进核管局是完全没问题的。要不是当时出了那件事，背了个处分，她不至于沦落到这一步。

我问，什么事？

她迟疑了一会儿，说，去年年底她把一个男同学的胳膊给扭折了，全被监控拍了下来。

我说，是陶正达的胳膊？

她说，她把这事都跟你说了……

我说，没说全，只说那是个渣男来着。

她说，本来这件事跟她没什么关系。

我说，你且慢，怎么就没有关系？

她说，不是的，廖小静其实也是管了我的闲事……

我又无语了。

她接着说，怪我当时没劝住她。

我一方面还是心软了，但是另一方面，我又非常担心自己再次像个傻子一样被廖小静（这个人）骗得团团转。这也不能怪你，我说，但是你有证据吗？能证明你不是廖小静的证据。

她从口袋里掏出来一张大头照，上边的两个小姑娘，穿着同款 Hello Kitty 的毛衣，扎着同样的羊角辫，只是一个笑了一个没笑。

我问她，这个没笑的是你？

她说，没笑的是廖小静——我一直是扮演乖孩子的那个。

我说，看出来了，但是我还是不能信，万一这是经过修图修上去的呢？

她说，我们猜到了你可能不信，其实廖小静就在外边站着。她不敢来见你。

然后她走过去把门打开。我回头，正看见一个一模一样的廖小静就站在门口。我×，我骂了句街。虽然我也有了点心里准备，但亲眼见着另一个一模一样的廖小静分身站在外边还是着实吃了一惊。

门外边的廖小静看起来脸更圆一点，她小声说，对不起啊，之前骗了你。

我说，等一等，你们过来把这事告诉我，不怕被别人知道吗？

门里的廖小安说，已经半夜两点了，没人会过来了。

我说,你说半夜两点了？我还以为……

廖小安说,是的,你以为现在还是白天,对吧？你其实已经打盹儿八个小时了。

我说,八个小时那不能叫打盹儿了吧？

她说,但准确地说也不能叫睡觉。睡觉的情况是你大约知道自己在睡觉,醒来也大约有感觉经过了多长时间。但是打盹儿不同,打盹儿通常是只认为自己头低下去了一秒钟。

我说,这么说也有道理——可是我怎么可能打盹儿八个小时呢？

门外的廖小静从角落里拉了把椅子,坐下,把腿一盘。门里的廖小安继续喋喋不休地说下去,这也就是我想和你说的,你的内核功能出现了严重紊乱,如果任由这个问题继续发展下去,你将会完全丧失对时间的感知。

我说,那是什么意思？

廖小安解释道,形象地说,你的一天不再是连续的二十四个小时,而是由无数个碎片构成的,也许你的一天只过了几分钟,也许你的一天能跨过十年。

我说,这怎么可能？

她说,物理上不可能,但是你的大脑会开始欺骗你。

我说,我刚才还以为自己是在开车……

她说,是的,你将在时间的碎片中迷失掉真正的自我。

我说,为什么会这样？

她说,具体的原因目前还不清楚。但是可以肯定的是,这个问题无法靠你自己进行修复。

我指着左手背上的管子，说，你们不就在给我修复这个问题吗？

她停顿了一会儿，看起来接下来的话十分难以启齿。终于，她说，我猜张主任没告诉你实情，这个管子只负责稳定你的内核，也就是说，减轻你的脑电波对内核的排异。

我基本没听明白，什么意思？

她解释道，你知道内核其实是一种处理过的信号，对吧？你的大脑接收了处理过的内核波，从而形成了你看到、感受到的内核，这是最理想的状态。但是人的大脑并不是一成不变的，而是可以被训练、改造的。也就是说，一旦你的大脑开始判定内核波为病毒，也就可能出现对内核的排异。

我感觉自己简直是在看什么科幻电影，你说我的大脑被改造过了？

她说，具体的过程我们还在分析。但我们俩的猜想是，一旦你失去了对时间的正确感知，那么你的内核将无法与你的脑电波和平共存——因为目前的内核技术仍然是建立在线性时间逻辑之上的。

我说，你说的线性时间逻辑是什么意思？

她说，简单来说就是过去、现在、未来在你的大脑是顺序发生的。如果失去了对时间的正确感知……

我打断了她，就是说我的过去、现在、未来不再是顺序发生的，那么我的未来也许会反过来，对我的过去产生或多或少的影响？

她说，理论上你说得没错。

我感到一阵恍惚，我说，你先等一会儿，我怎么能确定你不是在忽悠我？况且现在哪儿哪儿都是监控，你凭什么和我讲这些莫名其妙的话？

这个时候坐在门口的廖小静开口了，你得信她，她有信号屏蔽笔。

我从自己怀里掏出来她之前送我的那支紫色钢笔，我说，你说这玩意儿？

廖小静把头一低，我说的是真正的……

我又要开始暴怒，所以你给我这破玩意儿是个赝品？

她说，对不住啊，骗了你。这个专利也是她的。

我说，敢情我白管你叫发明家了。

廖小安却说，她其实也得过那个奖，但是她当时的参赛作品是个万能马桶。

我简直是哭笑不得，我说，你俩其实是演喜剧的吧？

我看见廖小静已经快要尴尬得翻白眼了。廖小安却坚持说下去，就是说她的那个马桶除去冲水、清洗这种常规功能外，还添加了根据粪便分析人体健康状况这个功能。

我也不是很想听下去了。

但是廖小安继续说，也就是说，这个马桶同时也是一台粪便检测仪，可以实现无间断记录每个人的粪便状况……

廖小静打断了她，说，本来是要把马桶做成个传送门的，这边一冲水，你就能从另一家的马桶里冲出来。

我实在忍不住，笑喷了。廖小静也跟着乐起来。只有廖小安一动不动，好似个圆脸的少女石膏像。

我笑了一会儿觉得不对，理应严肃一点，毕竟还在气头上。我于是故意压低声音说，你刚才说到哪儿了？我对时间的感知变成了非线性的？那么我的大脑是什么时候、被谁给改造了呢？

廖小安的脸色也变得更严肃了点,她说,目前还没有个定论,可我担心,是因为他们给你植入了那个念头……

我问她,什么念头?

她说,解救黎喜雁……

我再问,是谁?谁给我植入了这种念头?

她支支吾吾了一会儿,才说,张主任……

八、谈判的筹码

等到廖小静和廖小安终于都离开,我才获得了这两天以来第一次片刻的宁静。

我管她俩借了一块手表,把它摆在我面前的小桌板上,通过不停检查、记录时针分针的走向,来确定自己是不是还处于当下一刻,有没有经历一些意想不到的时间旅行。我很担心自己下一秒会出现在未来的某个时刻。最坏的打算是,其实我已经将近暮年,六十岁或者七十岁,我当下的种种体验只不过是因为我在反反复复穿越回过去。在我更年轻一点的时候,产生过许多关于时间旅行的遐想。想着如果可以回到过去,我要告诉自己做点什么,以使得未来的自己可以规避遗憾或是惋惜。一切都是轻松而愉悦的,而我从来没有想过这样一种可能:时间旅行者其实是被囚禁在了时间的牢笼中。我并没有真正意义上回到过去,更没有办法弥补什么已经逝去的遗憾。只不过是历经几十年的光阴,我的过去仍然栩栩如生地困扰着我、困住了我。

现在指针指向三点,应该还是凌晨。

浑蛋皮皮终于在夜深人静的时刻开始与我对话了。

这一次我没有召唤它，我想皮皮几乎是主动开口说了第一句话（它声音里的电流声好像更重了一点，也有可能是我的错觉）。它说，我必须承认我是假的。

我说，你之前不是一口咬定自己并非假的？

皮皮说，一切生物都会产生种种误判。

我说，你又不是什么生物。

它说，但是我来自生物，我是你的映射。

我说，也就是说你其实是我无穷无尽的潜意识？

它说，我的本质是程序，是一段代码，但与你的头脑结合以后，我被赋予了新的定义。这么说来，我也有可能是你的潜意识。我说不清楚。

我再问它，你有独立思考的能力吗？

皮皮回答，只能根据你的想法做出反应，如果你不存在，我就不存在了。

我说，你听说过一个古老的哲人说过一句话吗？

它说，知道，我思故我在。

我说，如果我的大脑对你的排异到达一定程度，你就不复存在了，对吗？

它说，也许。

我说，如果我停止了思考，你也就不复存在了，对吗？

它说，你的问题太难了。

我说，那我问一些简单的。

它说，你问。

我说,如果你真的可以到达我的潜意识,记住我根本记不住的事情,看见我根本看不见的回忆。那么请你告诉我,站在海岸边的女人到底是谁?

皮皮推诿道,那不在我的职责范围内。

我说,那换一个问题,黎喜雁现在在哪里?后来发生了什么?

皮皮却突然说,睁不开眼了,得睡一觉。话音刚落,它转了两个圈,然后"轰"地一下,卧倒在地板上,呼呼睡起来,像是死了。但我知道它没死,至少当下还没死。我想我也许找到了杀死内核的方法。我可能一不小心到达了真正的"死亡山谷"。

其实就算不是黎喜雁亲口说,我也应该能想明白,我之前苦苦追寻的"死亡山谷"并不存在,就算真存在个类似的基站,也实在不能对"黎喜雁谋杀内核"事件产生什么影响。但不得不承认,这两天的我是被自己的英雄主义给拖累了,以至于大脑都不怎么听使唤,完完全全被蒙蔽了。

黎喜雁仍然坐在我旁边的座位上。我环顾四周,才觉察出我们现在正在一辆行驶的金杯车的车厢里。我俩坐一排,黎喜雁在靠窗的位置。外面阳光正好,像是中午。我们后边又坐了两个不认识的人,有点像核管局的保安。我明白,我们在这一刻落网了。

我终于和黎喜雁亮出了我的底牌,我说,你把"死亡山谷"的秘密告诉他们,以此作为交换,能让你到三洋生活。

黎喜雁满眼疑惑,琥珀色的眼珠子都显得有点呆滞。她问我,你说什么山谷?

我说,就是帮助你谋杀掉内核的那个基站,这是他们最想知道的秘密。

黎喜雁把上半身侧过来,面对着我,形成了一种紧张的对峙局面。她说,也就是说你最开始帮我,也是因为想要知道这个秘密?

我把头低了下来,很小声地说,倒也不是,我的初衷绝对是想对你好……开始我在门外边听见你哭,我就……

黎喜雁却冷冰冰地说,我什么时候哭过?

我如实回答,就是有一天下午的时候,隔着门你还问我话了。你说"是你吗"。

她却在这个关头扑哧一声笑了,她说,是你吗?怎么听着那么色情。

我咂了咂嘴。

她说,但是千真万确我很久没哭过了,也从来没有隔着门问过你什么问题啊。

我恍然大悟,说,×,廖小静连这个都骗了我。

黎喜雁却宽慰似的和我说,大方一点,你不是也骗了我,我也没想要打死你。

我感觉自己快哭了,说,我真不知道会是这样。

她伸手拍了拍我的肩膀,至少是个伟大的尝试。

我感觉几百年没有这么委屈过了,眼眶里都有泪水在打转。我想现下事情也许还有一线转机,我说,唯一的机会只有告诉他们"死亡山谷"的下落。

黎喜雁把身体转回去,重新看向窗外,冷冷地说,我知道你是什么意思了。

我紧追一步,说,这可能是我们唯一的筹码。

她面朝着窗外,声音听不出来任何情绪了,她说,我也曾经想过这个可能——但是即使真有这么个基站存在,它毕竟不能永远杀死人的内核,不是吗?

　　这个时候我才有如五雷轰顶一般觉醒了——我怎么早没有想到这一点——新的基站再五彩斑斓,毕竟无法覆盖住整个城区,不是吗?一个人的内核就算在"死亡山谷"里死亡了,出了山谷,它难道不会重新恢复正常的形态吗?就像海洋里奔跑的皮皮也只能出现在酒吧的那个情境之下,不是吗?这个时候我多希望一开始就是我自己站在了传说中"死亡山谷"的顶端,然后选择"嗖"的一声奋不顾身跳下去,这样我就不必承受当下的羞愧不堪了。

　　黎喜雁突然又把脸转回来看向我,再次确认道,你这样被抓回去了真的没关系吗?

　　这个紧要的关头她竟还在关心我。我再也憋不住了,在她面前掉了眼泪,我说,你别管我,我就算死了也活该。

　　她却动情地看着我,说,你别这样说,要好好活着。

　　我摇头说,不是这样的。

　　她把两只手抽出来,贴在我脸颊的两侧,一字一顿地说,每一个生命都可贵。她的手掌是冰冷的。

　　影影绰绰地,我突然像是回想起了一个遥远的午后,一个年轻的女孩也是像现在这样,两只手捧住我的脸,告诉我生命可贵,即使一个人已经年迈,即使一个人还未出生。记忆已经有如外太空一般遥远。但这遥远是属于过去的,抑或是属于未来,我搞不清。我把自己的思绪从遥远的外太空拖回当下,或者根本不是当下,我的时间轴上也许再无"当下"这个节点了。我对这一时刻的黎喜雁说,你有什么打算?

黎喜雁把手收回来,没有再回答我,却扭头问那两个保安,你俩有烟吗?

我瞥了一眼手表,指针指向七,不出意料是早晨。张陪审员买了早饭带给我,素菜包子和一碗红豆粥。我是个无肉不欢的人,一向讨厌素包子,没有肉的包子在我心里早就失去了生而为包的资格。我重新闭目养神,以表不满。

张陪审员问我,不合胃口?

我脱口而出,你们有烟吗?

这个要求显然超出了张陪审员的预料,但他很快压抑了自己的惊讶,平静地说,我让他们给你送过来,没想到你抽烟。

当然我的要求实际上也超出了我自己的预料,我根本不会抽烟,我只是不自觉地重复了,或者说模仿了黎喜雁的原话。

很快一个打杂的给我送来了一盒蓝色硬壳 Mevius,临走的时候还用塑料袋把房顶上的烟雾探测器给包上了。我打开烟盒,扯掉烟纸,抽出一支。左手抬不起来,只能用右手夹着。这支烟也把我送到了一个骑虎难下的境地。抽,是实在抽不了的。不抽,则又完全丧失了我谈判的气势。

张陪审员像个狗腿子一样,拿着打火机凑上前来说,我给你点上。

我极不情愿地抬起右手,迎合上去。

张陪审员自己也取了一支来抽,一时间房里烟雾缭绕。

我硬着头皮轻吸了一口,嗓子眼和肺部立马像是被抽了一鞭子,撕裂地疼了一下,伴随一阵猛烈的咳嗽。为了缓解尴尬,我重新拿起烟盒来端详。看了一会儿,我故作老成地说,洋烟就是不行,太臭,然后顺势把一整支烟扔到地上,并鞋子踩上去,在瓷砖上蹭出一块黑色的疤,也不知道保洁大姐一会儿好不好弄干净。

张陪审员略显尴尬地笑笑,说,确实是,我们小卖部太小了,不然我让他们给你出去买,你平时爱抽什么?

我摆手,说,不用了,把红豆粥给我拿过来吧。

张陪审员照做了,把塑料勺塞到我的右手。我喝了一口,在抽烟被呛的映衬下,普普通通的红豆粥都显得香甜可口了。我却不能表露自己的心情,只是略微尖酸地评价道,这个还算凑合。

一抬眼,我发现张陪审员也把烟掐在了空矿泉水瓶里,正慈眉善目地看着我。

我想是时候步入正题了,于是清清嗓子,说,我的记忆也恢复了七七八八,事情的来龙去脉也差不多想清楚了。之前和你说的"死亡山谷"并不能算数,想必你比我更清楚,那种基站即使存在也不能长久地改变一个人的内核状态。

张陪审员显然对我现在所说的话产生了兴趣,他歪着头问,哦,所以你有什么看法?

我不紧不慢接着说,我对你们的所作所为也有了一个大致的了解。你们对我,或者说对我的内核做出了一些显然不符合规范的操作,如果我日后披露了这件事,势必会在群众中引起一些不必要的猜测和慌乱——这是我们都不愿意见到的场面。

张陪审员虚伪地说,你说这个我倒是不太明白什么意思。

可真是不见棺材不落泪。之前廖小安明明白白和我说清楚了,事情的一开始，就是这帮寡廉鲜耻的科学家，使用大量内核数据，计算出我和黎喜雁内核形态是极为匹配的一对（就像找到了我和廖小静一样）。然后利用我的内核，给我大脑中植入了一个"解救黎喜雁"的念头（我就说自己为什么莫名其妙地走上了这条不归路）。确凿的证据指向我是被钓鱼执法了，这口气我绝不可能白白咽下去。

我说，我当然是找到了确凿的证据。当然，我明白，你们大可以将某些违规操作归咎于某一个人或者某两个人身上（我说的确实是廖小静和廖小安她们姐妹俩，但即使处于这种危难场合，我还是得保护我的"线人"们），但那实在太过于卑鄙，而且毫无必要——因为我即将提出的条件对于你们来说根本不算什么，我也肯定不会为难你们。

老张抽过来一把椅子，坐在我的面前，说，我不全明白你说的是什么意思，请你详细说明。

我一边不紧不慢地说，一边飞速整合着我目前所得到的信息。你们想要的，无非是黎喜雁谋杀内核的秘密，对吧？你们现在已经知道，一个人一旦失去了对时间的正确感知，则可能导致他对于内核的排异，甚至他内核的死亡。毕竟内核程序仍然是建立在线性时间逻辑之上的，这样一来无疑是动摇了整个技术的大前提，对吧？

张陪审员点头，说，对。

我接着说，但现在的难点是，你们不知道为什么我的大脑会在短时间内被改造，换句话说，不知道为什么我会出现时间感知方面的问题。你们也许认为因为给我植入了一个念头，这念头就足以像蝴蝶效应一样，对我整个大脑认知造成不可磨灭的影响。你们也许还会因此而存在一些愧疚感（也许不会）。但我告诉你，这种愧疚感是大可不必了,我清楚事情并非那么简单。在我过去的四十八小时之内,我的大脑确实经历了一次可以说是惊天动地的改变,但具体的成因,只有我自己才清楚。虽然不能说我是被黎喜雁给传染了,但我想其中原委也大有相关。你们也不想更多的人被传染,我说得没错吧?

果不其然张陪审员心动了,说,所以你的要求是?

我说,我可以配合你们进行后续的一系列研究。相应的,我的条件是:第一,如果我没记错,黎喜雁也被你抓回来了,对吧?你们要放了黎喜雁,让她去三洋过自己想过的生活。第二,不必追究廖小静和廖小安,她们确实告诉了我一些实情,但我想那些话都将对我们日后的合作产生非常积极的影响。第三,我不想住在你们这个鬼地方了,让我回家住,我每天像打卡上班一样来你们这里报到,你们也可以随时监控我。

老张思考了一会儿。

我拦住他的路,说,没什么可多想的,我提的要求对你们来说毫无损失。

张陪审员面带微笑地看着我,重新点上一支烟,说,我果然没有看错,你的确很有潜力。

我也笑了一下,说,所以你的意思是?

他说,就照你说的办。只有一件事我想说明,我们可从来没有给你的大脑注入过什么念头,那是明令禁止的事情。

我想他说的八成是假话,如果最开始不是他们给我注入了这个念头,那么我怎么可能鬼使神差地非要冒险去救黎喜雁这个陌生人呢?这完全说不通啊。不过事到如今真相也并不是那么重要了。嗯,重要的是未来。

张陪审员离开不到二十分钟，廖小静自己又偷偷返回来了。我已经昏昏欲睡，睁开眼也只能模糊地看见一个人的轮廓。但我就是确信那是廖小静，不是廖小安，更不是别的什么人。廖小静倚着墙站在门口，也不进来。她开诚布公地问我，一定要这么做吗？

她所指的应该是我与张陪审员的合作，但我不能确定——我毕竟什么计划也没有跟她们姐妹提起过。

廖小静却用命令一样的语气说，你必须马上申请实施内核修复手术，不然你的内核真的会解离。只要你申请了，基于伦理道德的层面，我想他们就会答应——她只是使用了"解离"这个词，听起来轻飘飘的，但我们都知道这个词实际上就是指死亡，这种行为本身就是谋杀。我没有回应，她接着说，一旦你的内核解离，你整个人都将会被巨大的痛苦淹没。你不该为了那个女的，做这种无意义的牺牲。

这个时候我才意识到，那帮内核科学家根据内核形态为我匹配到了廖小静是绝对正确的，她完全明白我在想什么——她已经知道了，我是想用自己的大脑代替黎喜雁的，成为张陪审员他们实验的对象——如果这种匹配技术应用到婚恋市场上，绝对营造出空前绝后的效果。但当下我仍然只想打马虎眼，说，我不知道你在说什么。

廖小静说（我听不出来她的情绪有什么起伏变化），你有什么想不开的，为什么非要成为"二号实验品"？

这个时候我才有了想要开口说话的冲动。我有一种错觉，说这句话的时候我其实已经是个老者了，我回顾自己短暂且波澜的一生，并做出了这样的总结，颇有一种宿命论者的味道。我说，不然你以为他们为什么找到了我？又为什么找到了你？

廖小静也沉默了。

第三部分

一、梦之旋涡

回到表姨妈家以后，我马上倒在床上，一睡不醒。

很难想象我已经三天没有洗澡、刷牙、换衣服了，浑身上下被一种浑厚又潮湿的臭味萦绕着，像是倒在了三伏天蒸腾的死水沟边上。但我的内心是从未有过的平静与安详。我闭上眼，清楚看见了黎喜雁的背影。她是在我的注视之下离开内核设计院的大院的，上了一辆黄色的出租车。黄色的出租车是可以跨区运营的，红色的则只用于区内通勤。我想黎喜雁终于可以无顾虑地去三洋生活了。临上车之前黎喜雁最后回头看了一眼内核设计院，就像所有描写出狱的人的电影或者是小说那样。我希望在那个时刻她想到的是我，当然就算不是我也没有关系。我躲在监控屏的后面向她摆摆手。老张（张陪审员）站在我旁边和我一起看。我说，这样真好。老张说，嗯，希望她幸福。我说，幸福不幸福这种事归根结底还是要自己说了算。老张说，这样说是没错，但她母亲的所作所为也值得理解。我说，我们就这样放走了她，她妈过来闹怎么办？老张想了一会儿，说，这也只有到时候再说了。

嗯，以后的事就交给以后再说，而且黎喜雁不是说自己有的是法子吗？

想到这里，我的心才终于像是沉入海底，眼皮沉沉地坠下来。现在终于可以什么也不用理、什么也不用关心地昏沉沉睡过去了。我产生一种错觉，整个床铺变成了个软塌塌的暖流旋涡，我沉到底就触碰到银白色细腻的沙滩。沙滩没有尽头。沙滩的尽头站着一个女人，我知道那是她等待着我轻吻她的额头。

后来我表嫂敲门叫我起床。开始的时候我没有回答，还以为是听见了小鸟啄木头发出的"嘟嘟"声。直到听见一个温柔的女声喊我名字，我才一个激灵坐起来，胡乱整理了一通头发，把眼屎全都揉干净，拉开房门，正看见我表嫂小橘灯一般明亮的圆脸。我产生了一种想要亲吻她额头的冲动，还好我及时克制住了自己。

表嫂把额前的碎发往耳后捋了捋，开口说，我看你睡了太久，想着你也许饿了。

我觉得有点不好意思，问道，我回来以后睡了多久？

表嫂回答，昨天晚上八点多你进的房间，到现在得有十六个小时了。

我感觉自己脸有点红，说，不知道过了这么久。

她说，其实还有另外一件事。

我产生了一种不祥的预感，什么？

她说，你昨天晚上嘱咐我，今天中午十二点提醒你去打针。

打针？打什么针？我问。

表嫂也一脸迷茫地看着我，说，你也没说打什么针。

我仔细想了一会儿，恍然大悟，哦，我可能太迷糊了就说错了，不是打针，是输液。嗯，其实严格来说也不是输液，而是用一根光纤联通我体内的内核处理器，来稳定内核信号。

表嫂问我，你的内核怎么了？

我回答，这件事太复杂了，一时半会儿也说不清楚，总而言之就是我的大脑对内核波产生了一些排异，需要外界的辅助才能不出乱子。

表嫂比我想象之中要更加关心这件事，她追问道，所以排异反应是什么样的？

我解释道，目前来说是产生了对时间感知的模糊不清，其实就是我的记忆成了一堆碎片，失去了前后因果关系——当然这一点我想已经快被治好了。

表嫂的脸上却写满了愁容，她担忧地问，怎么会变成这样呢？

我突然之间想起了那个在酒吧热舞的女人——即使我已经几乎相信那个人不可能是我表嫂，不可能是站在我眼前的这个安静温柔的女人，但那天的记忆仍然让我有所忌惮，以至于没敢和表嫂袒露所有实情。我只说，是太过疲劳导致的脑电波异常，没什么大不了的。

表嫂像是铁了心要刨根问底，那现在呢？现在你的内核功能还正常吗？

我想快点终止这场对话，敷衍地说，当然正常，一点问题没有。

表嫂停顿了一会儿，若有所思地说，正常就好，那就好……很快她又回过神来，提高了调门说，啊对了，午饭好了，一会儿收拾一下就过来吃饭吧。

我于是也佯装轻快地答应着，知道了！

表嫂轻手轻脚地关上了我的房门。

如果不是刚才表嫂的提醒，我都快忘记浑蛋皮皮了。我赶紧慰问皮皮，说，你还好吗？这两天也辛苦你了。

浑蛋皮皮窝在墙角睡大觉，明明听到了我的问题也故意不回答。

我有点火大，冲过去揪它毛茸茸的尾巴。浑蛋皮皮却只是懒洋洋地翻了个身，肚皮朝上，继续睡起来。我开始意识到事情有点不对劲，通常只要在我清醒的状况下，浑蛋皮皮是绝不会睡懒觉的——而真正的皮皮暮年的岁月却像是现在这样，生命在叫也叫不醒的睡眠里蹉跎掉了。我感觉自己开始心跳加速，冷汗直流，眼前还出现了眩晕。我想起真正的皮皮去世的时候，我一度觉得自己永久地失去了最重要的亲人。这种伤痛感直到浑蛋皮皮的到来才有所缓解。

我蹲下身去，轻柔地抚摸浑蛋皮皮的狗头。我说，状况不是已经稳定下来了吗？你现在怎么会这样？

浑蛋皮皮仍然不理我。我于是换了衣服，也顾不上洗脸刷牙了，赶紧打了车，往内核设计院奔去。

老张给我配了一张进门证，进出大门都不会有人拦我。刚一进大门，我正看见老张站在主楼前面的广场上迎我，身影显得伟岸极了，像个英雄。我们俩之间的距离估计得有一百米，我用尽了全力朝他喊，我的内核怎么突然之间就不行了？你们到底给我下了什么药？

老张微笑着朝我摆手，我听不清他在说什么。

我有点生气，想要快点走到他的面前，和他理论一番。可一百米左右的路却像是越走越长,怎么也到不了终点。我拔腿开始跑,几乎快要大汗淋漓了。

这个时候打主楼里又出来了一个人,女的。我跑了一会儿才看清是谁。看清了以后我转而冲着老张破口大骂,用最难听的话,我说,你这个老不死的骗人精,你为什么又把黎喜雁给弄到了这儿来?✕你妈的。我留在这儿当个实验怪物还不够吗?

老张和黎喜雁一起朝我微笑着摆手。

再后来我表嫂再一次敲门叫我起床。我才意识到自己实则是做了个噩梦。我一个激灵坐起来,也没有整理头发,也没有擦干净眼屎,马上拉开房门,正看见表嫂小橘灯一般明亮的脸庞。

表嫂照例,把额前的碎发往耳后捋了捋,开口说,我看你睡了太久,想着你也许饿了。

我问,我睡了多久?

表嫂回答,昨天晚上八点多你进了房间,得有十六个小时。

我说,还是十六个小时,果然是梦。

表嫂疑惑地问,你说什么?

我说,你是不是要来提醒我中午十二点去打针?

表嫂笑了,说,你没忘这件事啊,我还以为你昨天迷迷糊糊的,肯定记不得了。

我说,你不问我打什么针吗?

表嫂一脸惊讶,说,你怎么知道的? 我正想问来着。

我就再解释一遍,说用一根光纤管子来稳定我的内核信号。

表嫂照例问我,所以排异反应是什么样的?

我想了好一会儿,才说,开始是产生了对时间感知的模糊,也就是说我的记忆成了一堆碎片,失去了前后因果的联系,我会因此分不清当下与过去或者与未来的边界。后来变了,这个症状没了,但是出现了——

表嫂仍然刨根问底,出现了什么?

我沉思了一会儿,才说,出现了梦境与现实的边界不清的问题。

表嫂说,怎么会分不清梦与现实呢?

我的脑子异常清晰,说,两种可能性,或许是现实太过于虚幻,或许是梦境太过逼真。

表嫂说,为什么会这样?

我敷衍地回答,只是太过于劳累,导致脑电波出现了异常。

表嫂问,这样下去会怎么样呢?

我往后退了一步,很疏远地说,倒也不会怎么样,科学家们会治好这些症状。

表嫂停顿了一会儿,若有所思地说,那就好,能治好就好……很快她又回过神来,很轻快地说,啊对了,午饭好了,一会儿收拾一下就过来吃饭吧!

我于是也佯装轻快地答应着,知道了。

表嫂把我的房门关上以后,我径直走到墙角,用力推动浑蛋皮皮的胖身子,边推边说,醒醒,你和我说句话。

浑蛋皮皮翻了个身,肚皮朝上。

我心里陡然一惊。

但好在,等了好一会儿,浑蛋皮皮终于开口说话了。它用它布满电流疤痕的声音,恹恹地说,怎么了?叫我做什么?

我才松了口气，皮皮还没有死。

浑蛋皮皮隔了好久，又说，你怎么老想着让我死？

我像是被戳中了痛点，不敢再接茬儿。我转而问它，我的梦与现实完全重合了。

浑蛋皮皮思考了得有五分钟，却不耐烦地回答，这一点你不是已经有了想法？

我说，我不确定自己是否正确。

它说，你不知道的事情，我又怎么会知道呢？

我无言以对。

但心里却几乎确认了自己的猜想。之前廖小安告诉我说，所谓"对时间感知的模糊"是造成我对内核排异的原因，但现在想来更大的可能是它只是个症状，根本不是真正的原因。如果真的是基于"时间非线性逻辑"的大前提发生了变化，那么现在既然我已经完全可以分辨当下与过去或是未来的差别了，就不该出现其他的娄子了。如果我没有想错的话，"对时间感知的模糊"与"梦境与现实混淆"一样，都是内核排异反应的症状。这些症状的根源藏在哪儿呢？

我思索了一会儿，又找出一个空白的笔记本来，在本子的第一页正中间，写了两个字：记忆。

没错，我想应该是我的记忆出了岔子。经过前几天所谓的"大脑改造"，我已经无法信任自己的记忆了。记忆一旦不可相信，那么过去之于现在，乃至未来的影响也就都变得不可相信了，以至于出现对"过去—现在—未来"因果顺序的质疑。同样的道理，记忆失真之后，其在大脑中存在的状态实则与梦境无异。所以之前我说的两种可能性其实只有一种：不是梦境太过逼真，而是现实变得太过虚幻。

二、记忆之书

我把自己的发现写到笔记本上，并且打算将之后认为重要的事件也原封不动记录下来。事到如今，竟然产生了一种"唯有纸面书写诚不我欺"的感受，不禁让人唏嘘、感慨。

一件重要的事，我在笔记本上接着写，去内核管理局，申请改变自己的内核形态。

每每回想起浑蛋皮皮在梦中的"将死"之际，我仍然心有余悸。我要把内核形态变成一种自己并不喜欢的生物类型，这样即使有一天当真出现那种情况，也不至于太过悲恸。我想了很久，那么是什么生物呢？我厌恶的、即使真正杀死也毫无愧疚的。

蛇。

我想了很久，终于在笔记本上郑重其事地写下来这个字。我自打有记忆开始就非常讨厌这种凉飕飕、光滑滑，还时常有剧毒的生物。如果在这个世界上非要选取一种动物让我杀死，而不含愧疚，那么想必是非蛇莫属了。就在这个时候，幼年黎喜雁的死状突然在我脑海中如一个暗夜幽灵一般闪现。我的后背冰凉一麻：那么黎喜雁为什么会选取童年的自己作为内核形态，并将其杀死呢？到底是因为她真正憎恶自己，还是因为她太善良而不舍得杀死除自己以外的任何一种生物？而这个答案也不得而知，我想我今后也不可能从她那里得到任何答案了。

浑蛋皮皮像是预感到了什么一般，沉默不语而深情款款地注视着我。

我想聊点什么轻松的话题,以转移它(也就是我自己)的注意力。我想了一会儿,说,其实你和真正的皮皮简直一模一样。

浑蛋皮皮颇为自豪地说,当然如此。

我"喊"了它一声,说,但是真正的皮皮可要比你谦虚稳重多了,它出门的时候从来不拽绳子,只是安安静静在人脚边跟着。

浑蛋皮皮说,我之所以自信我身上的所有细节都能与真正的皮皮一模一样,不是因为别的,只是因为我来自你大脑的感知,也就是说,不管我是什么样,你都确信我是皮皮的克隆版本。

我恍然大悟,也就是说,你也是意识可以自我欺骗的又一个证据?

它说,希望这一点可以帮助你。

我很伤感地说,也许有一天我们可以重聚。

皮皮说,这对于我来说其实一点都不重要,哪怕变成了蛇、蜈蚣,或者任何别的什么,我还是你大脑的影子。这一点永远不会改变。

我说,如果你死了呢?

它说,即使死了也不会改变。

虽然当下是个不宜说真话的时刻,但我仍然忍不住要纠正它。我说,我活着一天,我的意识的投射就会永存不朽,但不等于你会不朽,你并不全是我自己意识的投射,对吧?我自己的脑电波发出信号,被不同的基站接收,然后再送还到我的大脑之中。这样一来一回之后,你还是完完全全来自我的产物吗?有多少部分的你是被各种各样的基站所改变,甚至于污染了呢?

它说,你已经无法信任我了。

我说，也许是这样，以至于我无法相信自己的记忆还纯粹。

它说，记忆从来都不是纯粹的，不是吗？没有我你也会忘掉一些事，也会记错一些事。有些明明是虚假的记忆你却把它当作是至宝一样珍藏，不是吗？

我说，我不否认。

皮皮最后说，既然是这样，为什么要这么计较地活着呢？只要容忍一些被美化的记忆，就可以幸福地无忧虑地活下去，不好吗？

我没办法回答这个问题了。

其实我也想不明白，这样有什么不好呢？

仿佛没什么不好的。

时至今日，我的父母在我的记忆里只被化成两个模糊的影子。父亲是个不甚高大却健壮的影子，母亲的影子比父亲还要高上小半个头。影子是没有正脸的。我清楚地记得他们的样貌，也记得所有发生在他们身上的事情，但是只要记不起他们望向我时的情态，那他们就仍然算不得真正的人。他们于是只能像《百年孤独》里被绑在后院树干上的男人一样，直到老死，变作真正的鬼魂。

我真正的人生仿佛是从搬进表姨妈家里才开始的，具体是哪一年倒记不清了。只记得那会儿我表哥还在上学，还没有荣获铁道"道草"的美名。他一米八三的大个子，偶尔还会因为考试成绩太差而掉眼泪——哦，当时他也许还没有一米八三那么高，也许只是个一米七几的初中生或者小学生——但值得肯定的是，自我有记忆开始，我表哥就已经是个巨人了，一米七几也算小巨人。

而他的巨人基因无疑来自变异。我表姨妈虽然在法庭上大有雷霆万钧之势,但其实真正走到平地上,只是个一米五出头的小矮胖子。她如果知道我私下里管她叫小矮胖子一定会把我给生吞活剥了,但我想解释的是,"小矮胖子"在这里并不是一个侮辱性的词汇,也丝毫没有拿她的身材取笑的意味。我认为一米五几与一米八几根本没有什么不同,没有好看与不好看之分。我想表达的是,"小矮胖子"配合上表姨妈的"雷霆万钧之势",更让人产生惊讶的敬佩之情。我表大姨父也不高,在我的印象里,表哥从来都和他差不多高,甚至很快就比他要高上半头了。如此想来也许表大姨父竟然还没有成年后的我高(我本人的官方身高是一米七二,实则一米七已算勉强),但这丝毫不能改变表大姨父是个受人景仰的科学家的事实。

有一段时间里(大约是上初中的时候),我一度痴迷于扮侦探的游戏,希望通过种种蛛丝马迹,找到我表哥并非表姨妈和表大姨父亲生的证据。比如,观察他们三人眉眼上的共同点——这个游戏被我玩出了《大家来找茬》的意味。再比如,我曾在工作日的早上,偷偷从学校潜回表姨妈家,翻开他们夫妻的床头柜,试图找到我表哥的出生证明。我想如果找不到,就证明他也是捡回来的。但是事与愿违,出生证明就藏在最底下一层的抽屉里,一堆证件材料的最下边。翻开红色的小本,我表哥的脚印赫然踹在右侧的纸上,那脚掌太大了,纸上面画的框框都快容不下它了。

那是属于我青春期的沮丧,属于我作为一个家庭里唯一的"外人"的沮丧。

当然后来这种沮丧的缓解,一方面是因为我慢慢长大了,没有那么在乎这些事了;另一方面则是我表嫂的到来,让我意识到,这个家里从此多了一个和我一样的身份尴尬的"外人"。我马上对她产生了一种惺惺相惜的感情。

表嫂是我表哥的小学兼初中同学,成绩比我表哥好得多,听说还当过班里的学习委员。他们结婚的时候只有二十三岁,是大学毕业之后立马就结婚了。我表嫂小圆脸,非常显年轻,以至于她穿着红金色的中式新娘服饰走进表姨妈家的时候,我一度以为表哥是娶了一位未成年少女。直到现在我也认为表嫂看起来还不如我显老,但她实际上比我大五岁。

我本来担心的是,他们结婚以后就要搬出去租房子住了,这个家里从此就只剩下我和表姨妈朝夕共处(表大姨父在我十三岁的时候不幸辞世)。然而他们却好似从没有动过这样的念头一般。婚礼当天的晚上,表嫂就正式入住我表哥的小房间了。之后再也没有离开过,哪怕是结婚第二天的新娘子回门,我表嫂也只是匆匆回娘家看了一眼,晚上就仍然与我们团聚了。说到我表哥的房间,我曾经进去过一两次,看见他的书架上仍然摆放着我们小时候一起玩过的赛车和机器人模型,墙壁还是属于男孩的天蓝色,零星贴着几张钢铁侠的贴纸。唯独不同的是把之前的单人床换成了张双人床,上面铺了欧式碎花田园风格的床单和同系列的枕头、被套。一时间我产生了一种非常疑惑的感觉:怎么一个人的童年印记可以如此顽固地追随着他呢?

另外一方面,我表嫂大学学的是经济学专业,但是自从结婚以后,自然而然就成了个家庭主妇,仿佛她本来主修的就是做家务事一般(当然我不是看不起家庭主妇这种重要的职业,只是想不通为什么她年纪轻轻却不去尝试更多的选择)。从此以后的每一天,我表嫂都会敲门,喊我出去吃早饭和晚饭。我不出意料的话都是全家第一个坐上餐桌的,因为只有我是一叫就会马上过去的。我帮她做一些诸如盛米饭、摆碗筷之类的小活。我在内心深处,始终觉得她更像是个住家的保姆,而并非是和我表哥过着夫妻生活的"嫂子"。

而且我表哥表嫂好像也从不吵架。

唯一一次我知道他们发生了矛盾,还是因为一向温柔大方的表嫂竟然在饭桌上赏了表哥一个白眼。但是真正的吵架,我是从来没有听到过的。真的会有夫妻不吵架吗?就算恋爱的时候如胶似漆,真正生活在一起的时候,怎么可能没有琐碎而恼人的摩擦呢? 对此我心里隐隐产生了一种猜想:表嫂是独自容忍着这一切的。至于为什么说不是我表哥隐忍——我想我和表哥从小一起长起来,他心思浅得很,就算想要刻意说谎都瞒不住人。我记得表哥上高中的时候早恋,几乎成了全家共同的秘密。当时我表大姨父还没有去世。我表哥坐在沙发上盯着自己的手机傻笑,表大姨父站在后边盯着表哥。两个人傻笑了快五分钟,我看在眼里。我表哥却至今也没有意识到身后的那双眼睛。那天到最后表姨父也没有说他什么,真是个又体面又开明的好人。

而表嫂身上的秘密实在是太多了, 她就像是个异常美丽的绳结,我特意去解,却只有越解缠得越紧的份儿。她为什么要嫁给我表哥?她的内核到底是个什么形态?那个站在酒吧里跳艳舞的女人,真的是她吗?

我和老张约了下午一点回到内核设计院 "复查"——这么说起来还显得有点悲壮,仿佛我真的得了某种绝症一般。我起得太晚了,当下已经上午十二点十五分,打车过去,最快不堵车的条件下也要二十五分钟。也就意味着,如果现在要洗澡就不能吃饭,吃饭就不能洗澡。我抬起胳膊来闻自己腋下发出的怪味。让人惊奇的是,原来在臭味里浸淫久了,闻起来也没有那么难以忍受了。家里只有我和表嫂两个人,表哥上班,表姨妈还被"圈禁"在内核设计院的大院。我决心不能辜负表嫂,也不能辜负做好的饭菜,于是只胡乱用梳子梳了两下头发,就出屋去了。

我特意坐在餐桌的一头,和表嫂的座位离了八丈远。

还好今天吃的是蛋炒饭,一人盛一碗就可以两不相干了。要不然让我现在一个污秽之人和表嫂在一盘菜里同下筷子,岂不是要羞煞我也。

表嫂是个极其善解人意的人。她没问为什么我要坐到餐桌的另一边去,也没有责问我为什么不洗澡。她只顾着吃自己的饭,眼睛也没有抬起来,打量我风尘仆仆的脏脸,这让我觉得安全极了。她轻声说,我十二点的时候叫了你一次,你实在没回应我,我也没好意思再敲门,不耽误你的事吧?

我想,原来第一个梦至少有一部分是真实的,表嫂真的在门外敲门没错。至于说为什么出现了梦和现实的重叠?那应该是我的记忆把现实发生的一部分给原封不动地归到"梦境"那一类了吧。

表嫂见我不说话,也没有继续问下去。

这时候我才回过神来,回答道,不耽误,怎么会?真是麻烦你了。

然后表嫂羞赧一笑,说,都是一家人。

我说,是,一家人。

她又说,我本来也不应该现在来耽误你的时间,但是刚才你说的梦境与现实边界不清,让我突然间想起了一件事。

我问,什么事?

她说,我之前做过这样一个梦——当时我还在上大二,正在圆阶公共教室上一节经济史的课,老师讲话太催眠,我就趴在桌子上睡着了。我做了一个梦,梦见了你表哥。我和他是小学和初中的同学,上高中以后再也没见过他。但是我千真万确梦见我正在和他结婚,他打了条紫红色的领带,显得特别老气。本来我都快忘了这个梦了,结果我和他结婚的那天,我才发现他竟然真的打了那个颜色的领带。你说这件事和你说的那种感觉有没有点相似?

我沉思了一会儿,觉得头皮发麻,说,有点那个意思。

她说,这个问题也困扰了我好久,我和别人说起来,别人都说是我爸给我托了梦,我和你哥是有缘分。但是人死了怎么可能会托梦回来呢?我不信。直到今天你提起这个事情,我才想问问你。

我说,有一种可能是你记错了那个梦。

她问,怎么说?

我说,是你和我表哥结婚在前,然后你的记忆发生了错误,把你在大二时候在课上睡觉和结婚这两件本来不相关的事,给强行联系在一起了。

她追问,这真的有可能吗?

我说,记忆难免发生错误。

她说,那你说上课那天我到底做了个什么梦?

我在心里盘算,表嫂上大二,也就是大概五年前。这样说来,很有可能那天就是表嫂内核植入手术的时间。但是我不想也不能向她泄露这个机密。毕竟从这个线头开始倒起来,她免不了最终要走到我现在这步,实在没有必要。我于是赶紧扒拉了两口饭,敷衍地说,做过的梦想不起来太正常了,先不说了,我到点了,碗先放在水池里,等我回来再刷吧!

我一边嚼完嘴里剩下的最后一口饭,一边赶紧穿鞋拿钥匙,逃出了家门。我想表嫂应该还在注视着我离去的背影,但我不敢回头去看了。

三、阿菜的故事

我走进研讨间的时候,发现只有老张和廖小安还在等我,其他人估计都去吃饭了。老张也不愁眉苦脸的了,竟一反常态地笑脸盈盈起来。他很轻快地问我,睡了一觉感觉如何?

我如实回答,还可以,时间错乱的问题的确消失了。

老张在面前的笔记本上写写画画,真像个大夫一般了,他说,那很好,很好。

我说,但是出现了其他问题。

哦? 老张笔一顿,仰着脸看我。

我解释道,我做了一个梦,梦见我表嫂叫我起床,奇怪的是这个梦竟然比现实还要逼真。我这么说是因为在现实生活中我表嫂确实叫我起床了,而且说了几乎一模一样的话。也就是说,同样的场景发生了两次,一次出现在梦中,一次出现在现实中,很难分辨清楚。

老张说,那你是怎么分辨的?

我说,我想起了那个老电影《盗梦空间》,他们不是有个陀螺之类的东西来辨别梦境吗?在我的梦里,内核充当了差不多的角色。梦境和现实唯一的不同就是,梦里内核是不会对我产生回应的。

老张夸奖我，说，非常好。

只有廖小安非常不合时宜地问了句，你竟然和表嫂住在一起？

我不知道为什么，一时间竟然有点脸红，我支支吾吾说，是，但严格意义上是我和表嫂都住在我表姨妈家里……

老张瞪了廖小安一眼。廖小安也意识到了自己问出了个多么无聊且尴尬的问题，她立马也把头低下去了，轻轻地"哦"了一声。

老张继续问，关于梦的这个问题，你是怎么认为的呢？

我想了一会儿，决定完全配合对方进行研究，于是坦言道，之前你们给我的解释是说我对时间的感知变得模糊不清，因此动摇了内核技术的时间线性逻辑，以至于自己产生了对内核功能的排异。现在在我看来，这个说法也许不正确。可能真相是，我对自己的记忆产生了怀疑。

老张在纸上飞速地记录，记录完了把笔"啪"地一撂，情绪明显高涨了起来，说，你的推理实在是太对了！在此之前我也怀疑，这时间线性逻辑是否可被颠覆。你知道，人类的语言文字毕竟都还是建立在线性逻辑之上的，怎么可能说改变就改变？

廖小安在一旁听，边听也边点头。

老张继续说，如果说是记忆出现了问题，那么确实是有可能出现你所说的"梦境与现实混淆"这个症状的。所谓的梦境把真正记忆的一部分进行了覆盖。

我说，这么看来人脑和电脑也差不多。

老张说，准确来说，电脑中可没有什么"梦"与"记忆"之分，如果说真有的话，那么它们在电脑中的权重也是相当的。

说完这段话，老张给廖小安使了个眼色。廖小安于是走上前来，握住我的左手。她的手掌是软乎乎的,很温热,像是个暖宝宝一样。然后她仍旧把一根纤细的透明管子插到我的手背上。这下我看清了,整个过程并非像是输液一样,拿个粗大的针头扎进去,而是这个管子的尽头是一个小小的圆形薄片,有如八爪鱼脚底的吸盘。圆片像是有磁力一般,紧密地吸附到我的皮肤上,以至于几乎消失不见。

我问他们,还是稳定我内核的?

老张回答,是的,也许可以减轻你的梦境与现实重叠的问题。

我说,这样太好了,谁也不想总活在梦里,对吧?

老张说,如果梦和现实都没什么区别了,那的确没意思。

这句话听得我云里雾里,稀里糊涂,但是看着老张讲这句话时的神态,却觉得像极了一个我认识的人,充满了属于科学家的浪漫主义色彩。

这个时候廖小安开始抱着个硕大的仪器给我做一些身体上的检测,先是用一个椭圆的扁头的金属片,在我脑袋上边感应了一圈,仿佛在发现什么地下的宝藏一般;然后又测量了我的心率脉搏等等,还观察我的瞳孔状态。我说,你们干这行的,还得懂人体生物知识,是吧?

廖小安一边忙活她手里的事,一边机械性地回答我,生物学、信息学、电脑编程都得懂一点,但都算不上精通。

我说,就佩服你们这些科学家。

廖小安往笔记本电脑里一通输入,最后敲了个极响亮的回车键,宣告整个过程的结束。然后她就抱着自己的电脑离开了,连招呼都和我没打一个。我心里笑她,真是个科学家! 这一刻,不知道为什么"科学家"又成了个贬义词了。

老张看着廖小安离去的背影，自言自语一般，是个好苗子，可惜。

可惜什么？我倒是颇愿意知道老张对于廖小安的评价。

老张这个时候才回过神来，像是和我解释，又像是自言自语地说，哦，我是说我们理工科的学生，严谨有余，但想象力不足，有时候反而会受了思维与知识的禁锢。不像你。

我都惊呆了，把嘴张得老大，我？

老张夸奖我说，你的逻辑思维能力很好，又很有想象力，虽然没有过硬的专业知识，却能运用一些基本的概念对生活中的现象加以阐释。

我听得都快坐不住了，浑身起鸡皮疙瘩，说，您快别这么说了。这个时候我的脑子里突然闪过了另一个困扰着我的疑点，然后竟然就脱口而出了。我问老张，你怎么放心我回家去？不怕我跑了，或者泄密给别人吗？

老张却直勾勾地盯着我的眼睛看，很深情地说，你让我想起了我的一位老朋友，他曾经是我最好的合作伙伴、知己，我在你的眼睛里看到了和他的眼睛里一样的光，我因此愿意相信你。

这个时候我觉得自己都快忘记老张钓鱼执法，以及监控我和黎喜雁的恶劣行径了。我像是在他清瘦、苍白且胡子拉碴的脸上也看到了点不一样的东西，是属于年轻人的东西，具体是什么我说不上来。我说，你也让我想起了一个人。

老张问，是谁？

我没继续说下去。但我确实想起了自己和表大姨父短暂相处的几年,也许是三年,也许是五年,我记不清楚了。那个时候他虽然每天准时准点下班回家,但是吃过晚饭却要继续伏案工作到深夜,好几次我半夜起来喝水,经过厨房,还见到他就着餐厅顶上昏黄的灯光,在纸上写写画画着什么。哦对,他没有书房,只能在餐桌上劳作,因为他原来的书房被改作我的卧室了。这一点也让我愧疚难当。好几次我端给他一杯水,问他,您怎么还不睡觉? 他就抬起头来,温柔且坚定地注视着我,说,就睡了,弄完这一点就好了。我看见他的眼睛里闪耀着希望的光。我当时虽然并不明白表大姨父原来干的就是关于内核设计的工作,但心里总隐隐有一种感觉,觉得眼前这个男人一定是在为这个社会默默奉献着什么。

老张没有等到我的答案,却自顾自地说起了话来。他说,我最好的朋友,我们管他叫"阿菜",不过并非因为他姓蔡,而是我们从上大学的时候就这样叫起来了。

我问,那别人管你叫什么?

老张很不好意思地笑起来,说,从心。张从心。

幸亏我没在喝水,要不然非得全喷出来不可。我说,从心,可不就是个"怂"(尽)字?

老张说,有一天晚上我和他在校外的小吃街吃烤串,一边吃,一边讨论作业里的一道难题,正说到兴头上,从旁边桌杀出来了一帮像是黑社会的人,得有四五个,个个凶神恶煞,非要找我俩喝酒划拳交朋友。我俩一不会喝酒,二不会划拳,三不会交朋友,然后就把他们给得罪了。

我说,那怎么办呢?

老张说,阿菜就提出给钱了事。然后我俩把所有的现金都交了出来,阿菜更惨,他当时脚上穿了一双名牌球鞋,也脱给他们了。最后临走的时候,阿菜还被其中一个领头的给踢了一脚。

我快要拍案而起了,说,这也太过分了——不过也不能怪你们,碰见黑社会还是保命要紧。

老张说,是啊,我俩也是这么互相安慰的。但是后来怎么说呢,这个事情莫名其妙登上了当时的社交平台,也不知道是哪个好事者给拍的视频,还给起了个特别讨厌的标题:两名男大学生被××校初中生霸凌。

我问,你不是说是凶神恶煞的黑社会吗?

老张却很淡定地看着我,说,当时我俩确实认为对方个个都虎背熊腰,彪悍得很,结果后来回看那个视频才发现,对方竟然没有一个比我俩高……

我没憋住,还是扑哧一声笑喷了。

老张说,从那以后,我就改叫从心,他就叫阿菜了。

我安慰他说,没事,至少你现在威风凛凛了,谁也想不到你会有这种黑历史。

这个时候老张站起来,看了看摆在我旁边的仪器,然后把我手背上的管子扯了下来。他拍拍我的肩膀说,好了,今天差不多就是这样,我们再观察。然后他话锋一转,又说,有时候我总是在想,如果能与你和阿菜一同工作就好了。

我百感交集,甚至有点热泪盈眶,问他,那么现在阿菜去哪儿了?

老张没有回答,只是拍拍我的肩膀,说,如果有异常,随时与我联系。

我点头说，好。还有最后一个问题，我问，既然你们都已经把我放走了，为什么还得把陈法官拘在这儿？

老张说，可不是拘留啊，陈法官说留在这儿办公方便，所以就随她去了。

我长长地"哦"了一声，想着表姨妈许是想念表姨父了，心中不觉生出落日般的忧愁来。

回家的路上，正好路过核管局三处的办事厅。我想着赶紧去把内核形态改变了为好。办事厅就跟普通的银行大厅没有什么区别。我在门口的取号机拿了个 B582 号，然后在座位上等着被叫号。

在这个沉默的当口，浑蛋皮皮就乖巧地卧在我的脚边。我最后一次伸手，从头到尾抚摸它顺滑的毛发。往往在人多的地方，我从来不愿意与自己的内核进行互动，生怕被别人看了笑话。但是今天，我的手却无法自主地停止下来，我想起那天与真正的皮皮最后相处的时光——那天我放学之后回到表姨妈家里，皮皮并没有像以前一样，缓慢地走到门口来迎接我。我去看望它，发现它始终窝在自己的床上，舌头歪着，耷拉在外面。我预感到不好，就坐在地板上陪了它一会儿。傍晚时分，我发现皮皮不再躺在窝里，而是跑到阳台的角落里蜷缩起来，没有了气息。它是无声无息离我而去的。

浑蛋皮皮听到了我的心声，说，放心吧，但我不会死的，别有什么负担。

我用心里的声音说，虽然你很讨厌，但我仍然舍不得你。

它说，舍不得就好，我们也许还会相见。

这个时候广播里响起"B582 号请到 C3 号窗口"的声音。我随后找到那个窗口,在那个窗口前坐下。坐了不到一分钟,办事员从里面的办公室拐出来,是一个蓝色短发的女人。我直觉眼熟。

等到对方一开口,我就更确定她是当时在法庭上举证的那位蓝头发女士了。她的声音听起来比在法庭上更沙哑了点,像个男人的声音。她也认出我来了,她说,是你啊,法庭上那个打字的。

我有一种被人戳穿的感觉,尴尬地回应,你还记得我啊,对,书记员我是。

她说,什么业务?

我说,更改内核形态。

她指着我面前的机器,面无表情地说,把指纹信息录入一下。

我照着指示,按了指纹。

她又问,要改成什么?你面前电脑上有选项,选哪个点一下就好了。

我翻了五页多才找到"宠物蛇"这个选项,再一抬头,看见蓝头发女士正在很不耐放地盯着我看。我手有点哆嗦,颤颤巍巍地在"宠物蛇"前面的方框里打了钩。我最怕麻烦人,赶紧说,选好了。

她说,确定不改了的话,电脑上有个同意说明书,你看一下,最后签个字。

我草草地扫了一眼,赶紧在最下面签了字。

蓝头发女士在她面前的电脑上一通狂按,然后说,把你的内核追踪器给我。

我就把追踪器掏出来,从玻璃下面的小窗口给递了进去。

她把追踪器用根细管子连接到自己的电脑上,然后又是一通狂按,再把追踪器递还给我的时候,她干脆利落地说道,好了。

我不解,问对方,这么简单就结束了?不用对我的脑袋进行什么操作吗?

她抬眼打量了我两圈,说,内核的形态只是个载体,只是说内核波在你那儿呈现出什么样子,就跟 VR 眼镜没什么区别。

我明白了,哦,原来是这样。

最后临走的时候,我分明听见对方嘟囔了一句,这帮人,瞎折腾个什么劲呢。她也许以为自己的声音足够小了,但我还是听得清楚明白。我在想,她到底是把我划归到了"哪帮人"里面?是那些为了猎奇,而不断更改内核形态,以尝新鲜的人,还是……还是那些像黎喜雁一样的人?

四、暴力发生了

这几日回到家以后,我在脑中始终回想老张给我讲的从心和阿菜的故事(除去被初中生霸凌那一件),以至于常常夜已深了,仍然难以入眠。我在床上辗转反侧,扭头便能看见墙角落里,一条青绿色的大蛇盘卧在地板上,我不由得产生一种许仙见了白素贞现原形的悲恸之感。我以前习惯了睡前总要和浑蛋皮皮贫一会儿嘴,有助于睡眠。可如今我是一句话也不愿意和这条"绿素贞"说——如果说浑蛋皮皮篡改了一点我的记忆,我还能把它往好的一面去想,现下这条大蛇就只有玷污的份儿了。除去想张从心与阿菜的故事,我发现自己脑子里偶尔还会没头没脑蹦出来一句"黎喜雁真是个奇怪的名字"。这着实让我吓了一跳。我于是噌地一下坐起来,还抽了自己个嘴巴——我是万万不能容忍这条大蛇玷污了关于黎喜雁的回忆的。

我决心干脆不睡了,把笔记本翻出来写日记打发时间。毕竟在书写的时候,我仿佛是在与一个见不着面的人进行对话,这样多少可以让自己的意识顾不上那条大蛇。只要意识不到,就不算存在了,这也许算是内核仅以对话形式存在的好处。

我在笔记本上写:另一个关于阿菜和从心的故事。

老张跟我讲的那个故事是一个很滥俗的校园爱情故事。那一年阿菜和老张喜欢上了同一个女生。女生名字叫谢雨霏。

老张给我讲这个爱情故事的时候,我突然想起来自己小学时候好像也有个不同班的女同学叫什么羽飞来着,于是脱口而出说,我好像也认识个羽飞,是羽毛的羽字,这个名字听起来就给人一种一飞冲天的感觉。

老张却说,谢雨霏的"雨霏"是"淫雨霏霏"那两个字。

哦,淫雨霏霏……我跟着重复了一遍。说罢心中莫名生出一种被雨打湿的忧郁来。

谢雨霏本人也总像是阴雨天一样忧郁,笑容都是疏远又客气的,仿佛一碰就散了。

我问老张,为什么会喜欢上这样的女生?

老张像个小男孩一样,坏笑着回答,我们年级就她长得最好看。

我也笑,说,原来如此。心想科学家也不过如此。

可老张说,除此以外还有个原因:社交媒体那件事出了以后,好多人背地里笑话我们俩。剩下的那帮善良的同学,虽然不嘲笑,但是看我俩的眼神也总是怪怪的,好像害怕刺破了我们的自尊心一样。只有谢雨霏不一样。

我问,怎么不一样?

老张说，只有她压根不知道这个事，她不用社交媒体。

我说，你们那会儿不是信息核爆的初期，怎么还会有人不用社交媒体？

老张说，大概是觉得困扰吧。话说回来，你们现在年轻人也都不怎么爱用社交媒体了，对吧？

我说，对，社交媒体就像是赶大潮，只有退潮以后才发现站在岸上的原来一直只有自己。

他说，谢雨霏可能是像你们一样，比较超前的一代吧。

谢雨霏不是那种沉默寡言的女生。相反，她对人特别和善，很客气，而且还是学校话剧社的骨干。阿菜和老张作为两个理工科直男，以前几乎都不知道话剧是个什么玩意儿。但是为了谢雨霏，他们大冬天早上七点，也跟着跑到食堂门口，排队抢话剧社的票。

老张说，从来没想过话剧能有那么大魔力。我记得当时谢雨霏在台上，被一个男演员特别使劲地甩到地上，坐在地上哭。那个时候，我简直浑身冒火，想一下冲上去，把那个男人狠狠揍一顿。

老张说话的时候仿佛又变回了一个青春期的少年。但我心里想的却是，你们两个加一块都打不过初中生，你还想揍谁？

老张沉浸在自己的回忆里，接着说，后来谢幕以后，阿菜鼓动我，想去后台给谢雨霏送花。

我夸赞面前这个老牌理工男，你们还挺懂行。

老张却说，当时哪懂，连话剧都没看过一场！是中场的时候，阿菜用手机软件现从菜市场订的鲜花，加了一倍的运费，让给送来的。

我说，阿菜比你强。

老张也说，是的，我也经常这样想，如果最后阿菜和谢雨霏在一起就好了。

我说,他们没在一起吗?难道和你在一起了?

老张和阿菜捧着一小束鲜花走到后台的时候,发现只剩下几个人零零落落地收拾道具。他们于是悄悄地退出了后台,观众也都快散尽了。

老张说,当时就想,可能是跟着一起去聚餐了吧,毕竟任何学生活动到最后其实本质上都是一场聚餐。

我问,然后呢?

老张和阿菜离开了剧场。出门以后却看见一个女生,只穿了一件特别单薄的裙子,光着两条腿,在剧院外的一个角落里背对着人群抽烟。

我问,是谢雨霏吗?

老张点点头,说,开始我是怎么也不会想到的。一个在台上看起来风光无限的女演员,怎么可能在散场之后独自在角落抽烟呢?

老张很想上前去和谢雨霏说点什么,但是身体像是不听使唤了,迈不开腿。阿菜这个时候却展现了惊人的男子气概。他用胳膊肘顶了一下老张,说,嘿,是谢雨霏啊!我去了!不等老张反应,阿菜就从他手上抢过了鲜花,三下两下蹦到了谢雨霏面前。

老张然后说,这个老小子还特别做作地脱下了自己的外套给谢雨霏罩上。

我跟着笑,说,确实特别做作。

老张说,当时我俩根本不会抽烟。但是阿菜还装模作样地问人家要一支来抽。

我问,那后来呢?他们怎么会没有在一起?

老张说，后来他们一直走得很近。那段时间，阿菜不喜欢成天跟我瞎混了。有时候晚上我去他宿舍，都看不见他人影。

我说，那八成是重色轻友了。

老张也说，是，我当时还有点嫉妒，不知道凭什么。我虽然长得不算高大威猛，但是阿菜比我还矮半头呢。

我说，这种事也不能按身高论。

老张后来见到了一两次，阿菜骑辆共享自行车，谢雨霏坐在他身后边，半扶着他的腰，就像校园里最普通幸福的一对情侣一样。

就在这个关键的时刻，那个之前呛了饭粒的科学家，门也没敲，直接闯了进来。我和老张还沉浸在淫雨霏霏的缠绵里，不约而同，被他吓了一跳。老张语气很重，问对方，有什么事？

饭粒男说，检测结果出来了，不太好。

老张顿时变了脸色，刚才还春风洋溢的脸，现在就如同一块麻将牌的白板。他特别严肃地和我说，好了，今天先到这里吧。然后话锋一转，又问我，这两天你自己觉得内核有什么异常吗？

我努力不被其他人其他事分心，以看到盘在我脚下的大蛇。它还在丝丝吐着红芯子，看起来健康茁壮得很。我于是回答老张的问题，挺正常的，你们的治疗应该是有用。

老张却没有一丝如释重负的感觉，仍然严肃地看着我，点点头，说，明天同一时间再见。

我从内核设计院的大院走出来，心中疑惑，不知道老张的团队发现了什么了不得的问题。但很快，这样的疑惑就被阿菜和谢雨霏的爱情故事给打断了。

他们最后到底发生了什么?

写完这句话,我开始有点昏昏欲睡了。把灯熄了,躺到床上,很快睡意就如同温暖的海潮一般把我包裹其中。近些天来,只要是做梦,我总会梦到海浪、海鸥,或者银白色的沙滩。我知道这些意象最终其实都指向一个人——我是为了见她,才创造出了这些潮乎乎的梦境的。我感觉自己的气息逐渐变沉,意识也模糊了起来。只有失眠的人才能意识到昏沉时刻的快感。

就在这一刻,一记洪亮的撞击声,把我也给撞清醒了。

声音是从我房间的对面传过来的。表姨妈不在家,声音应该就是出自表哥和表嫂的房间。我想也许是不小心碰倒了台灯,或者有什么东西撞了桌台吧。但是很快,表哥浑厚的声音也一并传了过来:我×你妈——前边和后边的话都被墙隔着,模糊成"呜噜呜噜"的杂音。只有一句"我×你妈"听得格外分明。

我虽然吃惊,但第一反应是,表哥许是和谁打电话,起了争执。可听了一会儿,才发现表嫂也在用很低的声音说话,像是在解释什么,也像是在劝解对方——这就说明表哥是在冲着表嫂发脾气无疑了。

我起身,把耳朵贴在门上细听。

这个时候第二下撞击声传了过来,显得比第一次更为响亮。随着撞击,表嫂发出了一声被压得很低的气声。

一个令人难以置信的想法马上袭击了我的脑袋:难不成是表哥在把表嫂往什么东西上撞吗?

我接着听下去。男人还在喋喋不休地说些什么,女人安静下来了。我两腿有点哆嗦,害怕表嫂被他打伤了,想要马上冲出去,制止这场暴行。可是旋即又开始质疑自己这个念头：且不说还不知道事实真相是什么，就算真的是表哥和表嫂发生了肢体上的冲撞，我又有什么立场去管这件事呢？假使我真的管了，以后要我如何和表哥、表嫂在同一个屋檐下共处呢？想到这里，我才意识到，暴力的第一步原来不是打耳光，甚至都不是谩骂。沉默，沉默才是一个人最初始的暴力。

我深吸了口气，像是在心里鼓足了劲，我打算出去借由喝水的当口，去管一管"别人家"的闲事。就在这个时候，我却听见对面卧房里咚咚咚地走出来了一个人，换了鞋，然后出了大门，把防盗门重重地又摔上了。

离家出走的是谁？

但是无论剩下的那个是谁，暴力是不会再发生了。那么我现在出去了，不会显得很尴尬吗？如果留下的是表哥还好，如果是表嫂的话，我该如何面对她呢？

我想不然还是装睡觉好了，反正明天每个人还是会装作什么也没发生过一般。

我仔细听着门外。

听不到任何哭泣或者叹息的声音。也许刚才怒气冲冲离家出走的那个人是表嫂。这样一来，我虽然心里觉得解气，心想她不要回来才好，但同时又不免担心起她的安全问题了。外面像是空无一人了。我想装作去厨房拿水，以确认跑出去的那个是谁。如果是表嫂走了，那我又该担忧她的安全了。

我把门打开一条缝，却看见表嫂独自坐在餐厅里，以前表大姨父常坐的那个座位。

离家出走的那个原来是表哥。

我没办法退回房间了，只好硬着头皮去厨房接了两杯水，递了一杯给表嫂，却看见她眼圈是红的，但是没有再哭了。

不知道为什么，犯罪的像是我自己一般，这一刻我只想赶快畏罪潜逃。

表嫂却开口了，声音听起来平静得很，和平日里都没有什么区别。她说，你听见了吧？总是这样。

我心里冷冰冰地一疼：她为什么用了"总"，她竟然说是"总"。这话让我猛然回想起以前夜深时刻偶尔从外面传来的叮叮咣咣的声响。也就是说，暴行是在我眼皮子底下生出来的，像是最不起眼的那种蘑菇，专长在潮湿而阴暗的角落。别人就算看见了也会装作没看见，就算听见了也不会当真。我一时间觉得嘴巴像是被湿棉花塞满了，什么话也说不出来。

但是表嫂继续说，是内核助长了这一切。

我不能理解，问，为什么这么说？

表嫂说，每次发生以后，他转天就会把这件事忘掉，如果不是内核的影响，怎么可能会这么快地遗忘掉呢？

我听着"每次""遗忘"这种字眼，再联想到表哥那张粉白色的脸，简直都要气得发抖了。但是另外一半的信息我却丝毫不能理解，按理说内核波其实就是被处理过的脑电波而已，它的确会对我们伤痛的记忆进行一点点美化式的修复，但怎么也不会导致人的健忘啊。

很快表嫂就解答了我的疑问，她说，内核会把人头脑当中病毒性的想法加以淡化，甚至抹去。

我说，病毒性的想法？

她直勾勾盯着我看，都像是要把我看穿了。她解释给我听，如果一个念头在你的脑子里，像病毒一样地蔓延、控制住你的整个意识，内核就会将这个念头判定为不正常，然后把它整个吃掉。

我不相信这会是真的——虽然一直以来我也笃定自己的记忆的确出了岔子，但我想那是因为我不停地质疑自己回忆中真实与虚假的边界，以至于在不经意间改造了大脑。也就是说，我对自己的记忆产生了质疑，连带着大脑对内核产生了排异，从而遗忘或混淆了许多关键的时刻。这种症状也会随着老张他们对我的治疗而逐渐好转（在我的内核不会死掉的前提之下），然而换一个角度，我又实在不愿意反驳表嫂。这种想法能使她得到一点宽慰也好。如果她坚信内核将人"病毒性的想法"删除，那么正说明表哥也在被暴力的念头所折磨。

但是表嫂好像听到了我的心声一般。她说，遗忘更可怕不是吗？比起那种事本身。

我这时才意识到自己刚才完完全全想错了——暴行如果都没办法被施暴者记住了，那么受害人岂不是既受了肢体的伤害，又受了科技伦理的伤害？

表嫂接着问我，你说如何才能保全自己所有的记忆，不被内核给吃掉呢？

我沉默了。

她步步紧逼，说，那个女的不就做到了吗？我知道你知道这个秘密。

我明白她指的是黎喜雁，巨大的压力让我喘不过气来。我太软弱了,隐隐预感到自己在这个时刻能做到的只有投降,只能把自己所知道的一切都告诉她。我坦白了。我的声音听起来都变得陌生起来,像是冰冷的电流穿过一样的声音,像是浑蛋皮皮的声音。

我说(或者是浑蛋皮皮代替我说的),杀死内核。

什么?

对,杀死内核。

内核真的可以被杀掉吗?

归根到底就是一段程序,程序当然可以被灭亡。

五、表嫂的秘密

表嫂把一只黑色硬壳上锁的行李箱从表哥卧室里拖到了客厅。

我有点吃惊,问她,你要走吗?

她不说话,只是把箱子横摆在地毯上,并当着我的面把箱子拉开。我看见里面方方整整码着她的衣服、一双鞋、化妆包,还有一些牛皮纸袋——里面装的大约是些重要文件,表嫂是做好了随时离开的准备。没有脚的小鸟——不知道为什么我的脑中突然开始盘旋这个词组。很快这个词组就如表嫂之前所说的一般,病毒性地占据了我的意识。但我的内核可并没有让这句话凭空消失。在我看来,即使内核真的改造了人的记忆,那也一定是在劝慰、开导我,过程亦是"盗亦有道"。让人失忆这一点未免太不人道。

表嫂从其中一个牛皮纸袋中又抽出一个白色的纸信封。纸信封是密封住的。她小心翼翼地把一头齐齐整整撕掉,手一斜,掉出来的是一个硬壳的迷你身材的黑色软皮记事本。记事本的封皮上用汉字写着年份。这种样式的本子现在已经见不到了。封皮上的年份是用金字烫印的，封皮被磨损得厉害，我得仔细去辨认那个年份。果然，二〇四〇，是十年前的老物件了。

表嫂两手把笔记本攥得紧紧的，说，这是我父亲留下来的东西，很重要。他在十年前是内核技术的第三批志愿者。

志愿者？我隐约记起来之前表姨妈所说的，那些人给姨父排队送礼就为当上志愿者的盛况，但却万万没想到表嫂的父亲也是其中的一个。

表嫂接着说，那一批志愿者也是吃住都集中在内核设计院的大院，非重大事项不能回家，每天要填写官方的志愿者日志。至于私下里的任何有关内核的记录，都会因为违反保密条款而被留在内核大院里集中封存。

我问，那这个本子是？

她说，是偷偷带回来的。说着她把本子随意翻开一页给我看，她解释道，这些页都是后来粘上去的。

确实，我看见里面的纸张是浅绿色像标签条一样，贴在原配的条格纸之上。本子是竖长的，手机大小，想看便签条上的字，要把笔记本九十度转成横向。

她接着说，当时每周一次，志愿者家属可以去"探监"，给送点衣服食物什么的。我记得是从第三个礼拜开始，我爸开始偷偷地趁人不注意的时候，往我手里边塞一张卷成细管的纸条。

我问，上边写了什么？

表嫂把本子翻到初始的一页，递给我看。

喆喆：

我对世间事常怀批判眼光，对于此项实验亦是如此。因事关个人记忆变动，所以唯有纸面书写最为稳妥。虽不合规范，却是无奈之举。纸条难以留存，请你代为保存。

爸爸

我把本子放在腿上，看完以后百感交集。我想起了自己写着记忆的笔记本，感叹原来还有其他人也和我想出了一样的法子。

表嫂却很不好意思似的，和我解释说，他是文学系教授，说话老是文绉绉的。我以前可讨厌他这样，现在好像看习惯了。

我宽慰表嫂说，自打信息核爆以后，像你父亲这样真正的文人实在太少见了。我又发觉这样说话无比矫情，赶紧话锋一转，说，不过他怎么知道去送补给的会是你呢？你母亲不去吗？

表嫂回答说，他要是看见是我妈，那估计直接就把纸条销毁了吧。他不可能把这些东西交给我妈的。

我问，为什么？

她说，我妈那会儿犯更年期，总怀疑我爸和女学生有不正当关系。他们俩当时就跟陌路人一样，不对，是跟仇人一样。

我唏嘘感慨，大概每一对夫妻都要经历这种互为仇雠的阶段吧。

表嫂嫣然一笑，说，怎么你也变得文绉绉起来了？

我有点脸红，把笔记本往后翻了一页，说，我继续往下看了？

表嫂点点头。

喆喆：

　　本想借此机会疗愈伤痛，果真触及此事又不免犹疑。簌簌。伤痛究竟给人带来什么？又有意义否？我思索多年，皆无头绪。也许遗忘才是正途，亦是我此行的缘起。

爸爸

我问表嫂，簌簌是什么意思？

表嫂轻轻叹了口气，说，簌簌是我小姑，是我爸这么多年的心结。我小姑在大灾难那年过世了，一个人异国他乡，无依无靠的，我爸想去但是过不去。每每想到小姑的晚景我爸都要犯病，心脏疼得厉害。

我本想和她确认"大灾难那年"具体指的是哪年，怎么我对这件事丝毫没什么印象。但是一转念，突然想起来历史课最后那本选修书上的一个章节：灾难史。好像在我出生之前十年左右，全球范围内确实爆发了一场灾难，不过具体是洪水、饥荒还是传染病，我倒是记不清了。那本书的内容高考也不考，我只当作是课外读物给草草略过了。如今也没人愿意主动提起三十多年前到底发生了什么。不过唯一的后遗症是，灾难过后全球化经历了一个倒退。看历史书上讲，过去的世界，各国之间的国界几乎都模糊了。人才流动起来，根本不管你是中国人还是德国人。但是灾难过后，为了便于了解人口情况，谨防下次灾难来袭，对于人口的监控趋于严格。别说国家间的流动，就算从古耳区移居到三洋卫星城，都需要一系列的登记注册手续。

这个时候我突然想明白了表姨妈之前在内核设计院的食堂里和我说的话——尤其是那两年，人们过得太苦了。那两年可不就是大灾难的时期! 表嫂的父亲不就是个例证:因为大灾难的到来,失去了至亲,才想着去当这个志愿者。这下子事情的来龙去脉我全搞明白了。想明白以后,我又开始有点吃惊,之前的我是完全被蒙在黎喜雁的事情里了,居然连这么要紧的时间节点都给忘记了。

见我半天没说话,表嫂重新开口,说,你别有顾虑,小姑的事我是可以消化的,只是我父亲和他妹妹感情最好,实在接受不了。

我这下才真的不知道该说些什么好了,想说"节哀",一时间又搞不懂是该劝表嫂节小姑的哀,还是节父亲的哀了。我也从来没有想过,表嫂小橘灯一般明媚的脸庞,竟然会凝结这么多的哀愁。更何况那边还有个肇事逃逸的浑蛋丈夫!

而我什么都做不了,只能继续往后翻看笔记本。后面的一篇不像是写给表嫂的书信了,更像是用于提醒自己的笔记,和我在课堂上听课的速记一个样子:

一个实验:腰背很痛。

——是的,痛得很。

实验:东湖校区,女生。

——是的,中秋节夜晚。

我问表嫂,这些是什么意思?

她说,具体东湖校区有什么事我也不明白,但是既然写了是个"实验",那一定是我爸爸参加的测试吧。

我虽然嘴上不说,但是心里隐约有了答案:表嫂的父亲应该是得知了内核可以改造人的记忆,所以用这种方式来检测第一天所想的事情,第二天是否还记得。我接着往后翻,果然印证了我的猜想,后面的四五篇都是差不多的内容,唯独记录的语言越发详实起来。到了第五篇:

　　　　想起送簌簌离家的下午,北京国际机场,刚进大门,我被台阶绊了一跤。簌簌哭了。
　　　　——这个念头在我脑中无法清除。
　　　　——只记得北京国际机场送别,不记得有人哭过。

　　我抬头看向表嫂。她应该已经把这些便签记得滚瓜烂熟了,根本不用仔细看上边写了什么,仅凭位置就能判断。她说,对,就是从那里开始,我爸开始失忆了。
　　我将信将疑地继续看下去:

　　　　想起喆喆出生的时候,哭声很大,脸涨得通红。这一幕终生铭记,也时时回味。
　　　　——是的,时时回味。

　　我说,这说明愉悦的记忆是不会被改变的?
　　表嫂说,我也是这么想!

　　我终于一路翻到最后一页。表嫂却把笔记本抢了回去,然后屁股一挪,坐到我旁边,挨得老近,非要一字一句指着读给我。她的呼吸都是香甜的:

今早醒来,心情平静得很,没有心悸的症状,血压恢复正常。

我说,这样岂不是很好?

表嫂白了我一眼,我赶紧闭了嘴。她接着念:

想起簌簌来。不知她在天堂可好。时常想,如果得知她最后境况,是否会心安一些?

我尽力将自己的上身后撤,离表嫂的气息尽量远一些,以至于肚皮都有点抽筋。我说,这么看来,你父亲也并没有忘记你小姑的事情,但是伤痛却明显减轻了许多? 这不是很好吗?

表嫂把笔记本哐地一合,重新收进白色的纸信封里去,说,这不是事实,我爸之前和我讲过:小姑临走之前只有一个人住在医院,每天要和我爸爸通三个以上的视频电话。她总是哭,父亲也哭。后面提起来这件事父亲也受不了。父亲放不下的并不只是小姑的去世,真正伤痛的是这些视频电话的时刻,你懂吗?

我斜眼看见表嫂的眼角有泪光闪烁,我知道自己太过分了,怎么能如此主观臆断别人的痛苦呢? 我小声说,对不起。

表嫂慢慢平静了下来,声音恢复了冷静,说,不该这么和你说话,你这么想也不能怪你。

我说,所以你的意思是,虽然有些记忆还存在,但实际上已经是千疮百孔了?

她点点头,说,是的,那些细节都不见了。

我再一次想到我的父亲母亲:我记得他们俩一个是工程师,一个是中学的数学老师,在我小时候他们就去援助非洲了。长大以后和他们打过几个视频电话,但我并不喜欢和他们说话,所以次数也越来越少。我实际上是被过继给了表姨妈的。如果说表嫂说的话是真的,那么这件事大体上的来龙去脉我固然清楚,但个中细节事件我却是遗忘了?如果真的如此,我忘记的到底是什么?但也许还有另一种解释:我主观忘记了这些记忆。就像我再也想不起来幼儿园时和我最要好的小伙伴的名字一样,有些记忆总会随着开败的花朵凋谢到泥土里去。

想到这里,"黎喜雁真是个奇怪的名字"这句话又开始出现在我的脑袋里。我想这也算是反驳表嫂的例证之一吧,如果真如她所说,那么这句话对于我的大脑来说铁定是病毒性的没错了。那为什么时至今日,它还这样顽强地存在着? 就像考试时后脑子里单曲循环的歌曲一样,病毒性地霸占了我所有的意识,挤得正确答案毫无生存的空间。但我当下一点也不想反驳表嫂,只好嗯嗯啊啊地点头说是。

表嫂接着说,之前听说你表哥的父亲也是内核技术的工程师。

我点头说,是。

她说,我本以为能从他这里听到一些关于内核的秘密,没想到他七年前就去世了。

我说,表哥和你谈恋爱的时候没告诉你吗?

她说,没说,结婚那天我才知道,他也许早就知道我对这方面感兴趣。

我说，表哥头脑那么简单，应该不能吧？

表嫂说出了句至理名言，只要人想处心积虑做点什么，从来就没有头脑简单一说。

我深以为然，然后想到我表哥扮猪吃老虎那个样子，又是气不打一处来。

但表嫂马上又说，不过你表哥人的确是单纯的。

我哼了一声，表示不能苟同。

表嫂喝了口水，继续给我讲关于她父亲的事情。

她说，这个实验前前后后进行了半年，我爸回家以后，整个人确实显得轻快了不少。每天晚上也睡得安稳了，很少有心悸、头疼的症状发生了。他跟我说，他们给他装的内核是只小鸭子，他每天无聊的时候就叽叽嘎嘎逗逗鸭子，也不亦乐乎。就这样过了半个月吧，有一天我爸趁我妈不在家的时候，突然又管我要他的那堆便签条。我本来以为他已经忘了还有便条这件事，根本不想还给他。我只觉得他把小姑的事全给忘了就是最好的选择了。

我说，是啊，遗忘也是个好归宿。

她说，但是我爸老问我要，我最后不耐烦了，就跑到我舅舅家里住了一个礼拜。一个礼拜后我回家，他又提起来。我没办法，只好把有关小姑的几张给抽出来，还给了他剩下的部分。

我问，他发现了吗？

表嫂说，开始几天没发现，他就每天躲在书房里研究自己这些笔记，越研究越不对，开始变得神神道道的，还总念叨说，怎么对不上了?

什么对不上了?我问。

她说,我当时也不明白是什么意思,现在回想起来,可能是一种心理上的空落感吧。总而言之,我爸后来精神状况又不太好了,掉了好几斤肉,脸色也土黄土黄的。当时我才刚上高中,看我爸这样子我都要吓死了。我实在禁不住,就把剩下的那几张便条也一并还给他了。他又研究了两天,得出了个结论:他们是把簌簌又给杀死了一遍。

我实在不解了,怎么会又杀死了呢?他又没有真正忘记你小姑。

表嫂说,我也这么劝他。然后表嫂把上身靠在沙发背上,闭目养神一样,她接着说,如果我当时能明白他,他可能也就不用自杀了。

听声音表嫂是快要哭了。

这下我实在忍不了了,一把把表嫂抱在怀里。我说,你别这么想,那不是你的错,千万不要认为是你的错。

表嫂这个时候却开始真正痛哭起来,整个上身一抽一抽的,如同一只虾。我拍打她的后背,哭出来也好,哭出来反而轻松了。

等到她完全平静了下来,我放开了手臂。她将了将头发,重新坐回到旁边的单人沙发上去。她继续说,后来我爸趁我们都不在家的时候,找到了内核设计院,和他们说,自己对内核产生非常不适应的症状,要求他们把内核从他脑子里去除掉。

我问,真的这样做了吗?

她说,内核设计院那边的人因为害怕出事,所以只能仔细评估我爸的生理、精神状态,发现确实很不理想。他们不知道我们家有便条的事,就以为我爸真出现了不良反应,于是又把他圈在内核设计院的大院,对他监控了好长一段时间,发现内核运行良好,精神状态也慢慢恢复了——因为我爸在内核设计院待着就看不见那堆便条了嘛。但是一回到家又完蛋。反复好几次,对方可能也是被搞怕了,就说,那你希望去除也可以,但是得签一个免责声明,去除内核出现的后果要自行承担。当然后面如果不行的话,他们也同意给我爸做第二次内核植入手术。我爸想也没想就签了,然后安排转天做了内核清除手术。

手术之后我和我妈去接我爸,我爸看起来特别平静。等到我妈去做晚饭了,我悄悄问我爸,说,小姑的事情你想起来了? 我爸朝我点头,还笑了一下。我以为事情终于可以结束了。

这个时候表嫂咕咚咕咚把一杯水全喝了下去。隔了好久,她才说话,结果当天夜里,我爸就跳楼自杀了。

我心里咯噔一下,虽然我早就知道表嫂父亲去世了,但没有想到事情的发生竟然如此曲折。我使劲咬自己的下嘴唇,以使得自己镇定下来。我问,那出了这种事,内核设计院不会暂停这个计划吗?

表嫂说,一来签了免责声明,二来事情是在去除内核之后发生的,那他们更认定了之前是内核拯救了我爸。

我嗯了一声。但是心里更迷惑了,想不清楚事情到底错在了哪一环。既然是找回了以前的伤痛,那么为什么之前明明可以忍受的,第二次受不住就自杀了? 还有一个问题是,伤痛在一开始的确是被去除了。那么表嫂的父亲又为什么执意要找回伤痛呢? 伤痛到底有没有意义? 我想起小时候班主任老师常说的,苦难和挫折会使人坚强——但现在这句话却像咒语一样困扰着我了。

六、杀死内核

那天的后来,我禁不住表嫂的哀求,被迫将谋杀内核的秘密透露给她听。我问她,还记得内核是在什么时候、什么情况下被注入自己身体的吗?注入内核的手术过程是被隐藏在了日常的生活里,在你的头脑中化作了一件不太寻常却也无伤大雅的小事……我接着说,现在你懂了吗?那件事到底藏在了你生活中的什么地方?还有一个提示……内核大规模地注入市民体内,只在五年前而已。五年前你多大……对,二十岁,你在上大学二年级……大二那一年的一件不太寻常的小事……你在教室里莫名其妙睡着了,做了个关于未来婚礼的梦。可是你怎么会轻易睡着呢?你是一个爱在课堂上打瞌睡的人吗……睡着了以后又怎么样呢……有没有人叫醒你……还是有同学嘲笑你流口水了吗……都没有……你的人生就是一个庞大的、严丝合缝的机器,但是也许从那一天开始,有一颗螺丝钉是被拧下来又重新装回去的……它究竟会对你产生什么样的影响,你自己也不知道……如果不是这颗螺丝钉你还会嫁给他吗……我们还会不会相遇……没有人能知道……

说完这些话,我感到胃里一阵翻江倒海,跑到厕所,扶着马桶就吐了。吃的食物都消化完了,吐出来的净是些胆汁。

表嫂给我递了水漱口。

我喝了一口,然后又吐。什么都吐不出来了,就开始干呕。怎么会这样呢?我也没吃什么脏东西啊。我在呕吐的间隙说道。

表嫂一只手倚着门框,神情是我从没有见过的惊恐样子。她的嘴巴是半张的,眼珠子一动不动地盯着我,细眉拧得曲里拐弯的,整张圆脸被憋得通红。

我不解,问她,怎么看起来你比我还要痛苦?

表嫂的声音是微弱且颤抖的,你的内核是不是死了?

我简直像是听了什么天方夜谭,把最后一口唾沫啐到马桶里,扭头去找我的那条大蛇。我努力把表嫂的身影、呼吸给屏蔽掉,以方便我的内核显形。我朝着墙角搜寻了一会儿,又在自己脚下搜索了一会儿,水池和洗衣机底下也看了几眼,力求不要错过任何一个犄角旮旯。可是都不见大蛇的身影。我的内核跑丢了不成?

我抬头看见镜子里自己的脸,苍白、浮肿、眼珠子爆红,我被自己这副鬼样子给吓了一跳。

表嫂又问我,你的内核是不是死掉了? 你和那个女的接触过以后,你的内核就死了,这种病是不是传染的? 这样一来,你是不是也可以把这种病传给我?

我扭头看向表嫂的方向,语气凌厉,仿佛质问她一般,我说,你到底为什么非要杀死内核?

她思考了一会儿,说,我不希望有东西注视着我自己,你懂吗?

我说,我不懂,那玩意儿再怎么说也不过是你自己的脑电波,就算不显形,你的脑电波也是和你时时共存的。

她的声音变小了,说,不是的,我不喜欢那种被观察着的感觉,感觉自己的身体是自己的陌生人……

我说,哪个人不是自己在做,自己在观察?哪个人的身体又不是自己的陌生人? 人生不就是这么一码事吗?

她不回答我这个问题了,只问我,你现在好些了吗?

我说,还可以。

她说，你吓死我了，刚才你在沙发上抽搐了。

我说，谁抽搐了？

她说，你突然就躺了下去，然后四肢都开始剧烈地抽搐，眼睛也翻白了，我还以为是癫痫症之类的症状。但是突然之间你嘴里就开始说话，说得特别快，什么也听不清，现在想来是有点像快进录像带的那种声音。我吓坏了。你说了好一阵子，然后突然眼一睁，就跑到厕所里吐了。我想吐出来就解压了，你现在舒服一点了吧？

我简直不敢相信她说的每一个字，我说，我刚才难道不是在平心静气地给你讲……

她说，讲什么？

我想了想，说，没讲什么。

她重新又绕回原来的那个问题，和我确认道，你没有癫痫症，对吧？那这样是不是说明，你的内核是死了？这是不是内核死掉的症状？

我仍然找不到自己的那条大蛇，自己也充满了疑惑，我说，黎喜雁的内核死掉的时候，应该是能看见内核被杀的状况的。现场弄得就跟个谋杀案似的。但我只是找不到内核了。也许是信号过弱就被屏蔽了？

表嫂扶着我回到沙发上坐下，我感觉腿有点软，整个人飘飘悠悠的。她发了好一会儿呆，看起来心事重重的。我问她，你在想什么？

她迟疑了一会儿，还是说话了。我刚才没和你讲实话。她说。其实你刚才昏迷的时候，有一部分话是听得清的。我听到你让我找一件离奇的小事。那就是谋杀内核的办法，对吧？

我本不想将这个法子告诉表嫂，生怕她即将面临和我同等的痛苦,但是既然她已经明白了,说谎又实在有悖我的人生原则。我没有说话,默认了。

她又说,可是为什么我也找了,也发现大二上课打瞌睡的那天了,为什么我的内核到现在为止一点变化也没有呢?

我说,你有没有觉得时间被打碎了?

她说,没有。

我说,有没有觉得像在做梦一样,不知道现实的边界到底在哪儿?

她也摇头。

我说,也许是时间还没到?

她像是安慰我一般,说,再等等看,等等看。

等着等着,我靠在沙发背上睡着了。我知道自己做了一个梦。梦是没有起始的,它们都从最关键的片段切入。我看见三洋火车站写着"三洋卫星城"的粉红色霓虹灯,映照着漆黑的夜空。

黎喜雁还是坐在我的副驾驶座,大开着窗户,把整条胳膊伸进黑夜里去。我说危险,命令她把胳膊收回来,她也不听我的。过了几分钟,当我们拐进火车站附近的一条小路时,她却自觉把胳膊收回车里了。一辆标着限乘十六人的香槟色小巴车从我左后侧超上来,它是占用了一段反向车道,别到我的前头去。然后它一脚刹车,把我们直接逼停了。我害怕是内核设计院的人追上来了,于是猛切换倒车挡,点了油门要溜之大吉。但是黎喜雁却像个初中生小女孩一样,颇为羞涩地拉我的衣角,示意我可以把车停下来。她说,是来接应的人,不用担心。不知道为什么,她的声音也软软糯糯的,和之前一点都不一样。

我将信将疑地把车彻底停下来。此时,从前方小巴车里走下来两个很高大的男人,他们从左右两边逼近到我们的车门跟前。右边的那人戴着鸭舌帽和一副黑框眼镜,看起来还有点文质彬彬的样子。他猫腰,把头都快捅进我们车里了,他对黎喜雁寒暄道,你们一路辛苦了。然后他直接伸手,把副驾驶座一侧的车门保险给按开了,车门一拉,将黎喜雁请了出去。如果不是黎喜雁始终看起来十分配合的话,我真要以为我们是被土匪给劫道了。三洋这个鬼地方!

而左边的这个男人看起来就更像土匪了,他穿件黑背心,光头,后颈肉凸出来,显得整个人有点驼背,右边包花臂文了一头泰国大象,骑着一只不丁点大的小猴,无与伦比的诡异。我屏住呼吸,心脏怦怦怦地跳得厉害。这个男的示意我把车窗摇下来。我按按钮的手指都有点哆嗦。但这个男人一开口,却又是一副与其外貌十分不符的和善。他说,哎哎,您好,我是老四!

我点头,也说,您好……

他接着用自己没包花臂的一只手,指着后面的一条没有路灯的小胡同,对我说,哎,您受累,把车给停那里边去,就顺着停在便道上就成,这块没有交警管,您放心啊,铁定不会给拖走了。

我被这个人的反差感整得有点莫名其妙,哆哆嗦嗦地终于把车给放好了。老四还走过来接我。不接我还好,他一走过来,我才发现这个人至少有一米九五高,我扭头看他,发现自己的视线只和他手臂上文的象头一般高。我盯着看了一会儿,觉得有点尴尬。

他也有点尴尬,给我解释说,你看我这个文身呢哈?

我刚想说不敢不敢,他又接着说,哎,当时给人坑了,说好了是给我整一只猴子骑大象的,结果那人给弄错了。

我想笑又不敢笑,只好劝慰道,这样看来更好,更有个性。

老四嘿嘿地乐,说,你猜怎么着,我天哥也这么说。

我问他,天哥是谁?

我们快走到小巴车与黎喜雁他们会和了。老四用下巴指向刚才那个戴鸭舌帽的男人,说,喏,我天哥。

天哥。我在自己脑子里搜索这个名字的可能性。天哥。听起来倒是熟悉得很。那个人叫什么来着?黎喜雁在三洋的未婚夫?我仔细回想档案上的记录,是有他的名字没错的——吴雨天!

那就没错了,我当时对这个名字印象还颇为深刻,心想怎么会有人给小孩取这种名字?人家都求雨还求不来。现在想来,就是这个人没错了。

走到小巴车侧面,我正准备从侧门上去。但是老四却一把拉住了我的手臂,说,哎,你坐副驾驶去。

我十分不解,却仍然照做了,进去才发现,小巴车是经过改装的那种,驾驶座和后面车体之间用了一块铁板给隔开了,像是警员押解犯人的车。老四客客气气和我说,您多担待啊,毕竟人家小两口那么久没见面了,你说是吧?

我很不爱听这种话,心想这吴雨天不过只是个来接应黎喜雁的工具人,什么小两口不小两口的。但同时也肯定了之前的猜想:早前表哥同事小刘在车站所见到的男子,就是这个吴雨天没错了。可黎喜雁又为什么要找他来帮自己?这种人品堪忧的渣男,还值得信赖吗?

老四点着火,把车子发动起来。

我问，现在我们要去哪里？

他说，没事，你别害怕。民政局就在这火车站对面，走路过去两分钟完事。不过咱大车一直跟这儿停着有点危险，咱转悠两圈，转悠两圈啊。

我更一头雾水了，问道，这跟民政局又有什么关系？当务之急不是找到个地方把黎喜雁安置下来吗？

老四扭头以一种难以置信的眼神看我，他说，你不知道啊？嫂子没跟你说？我天哥这次亲自过来，就是为了跟嫂子领个证啊！

我问，领什么证？

他说，结婚证啊啥证！这我嫂子啊！

我现在才明白过来，黎喜雁之前说过的在三洋安顿下来的办法到底是什么。结婚。结婚的确是个法子，而且听说在三洋办理结婚证根本不用带上户口本（三洋卫星城一向以鼓励婚育的利好政策著称；加上其对严重精神障碍患者并没有实施如古耳区一般严格的管控），只需要本人证件即可，便利得很。这样一来黎喜雁的监护权自然而然便从她母亲手里，转交到她"丈夫"的手中。只要有了"丈夫"的反对，她的母亲就再也无法强制她进行第三次内核植入手术。而且黎喜雁可以随心所欲搬到任何一座城市去生活，当然是在征得她"丈夫"同意的前提之下。可是选吴雨天这种人合作真的没有风险吗？他真的不会再次伤害黎喜雁吗？把自己的监护权随意交到这种人的手上，看来黎喜雁是真的已经走投无路了吧……

车子启动，我的思绪被打断。没多久，听见车厢后面传来衣服与衣服摩擦的窸窸窣窣的声音。我心一抖，有一种踩空悬崖的感觉。又过了一会儿，后面发出咚的一声巨响，仿佛有人被撞到车壁上。我嘴上一边说着后面没事吧,一边扭头往后看。老四却把收音机给打开了,音乐声调得老大,他是想把后面的动静给遮盖严实。

我觉出事情不对,高声呵道,你们到底在干什么? 让我们下车! 黎喜雁,你还好吗?

黎喜雁没有回应我。但是老四却一把扭住我的小臂,他的手劲大得仿佛要把我的骨头给捏碎了,然后他看向自己车门上别的斧头把,改变了刚才的笑脸,十分老练且毒辣地对我说,兄弟,我劝你别管闲事,这毕竟现在是你俩有求于我们。

我已然明白自己是上了贼船,却不知黎喜雁是事先知道这贼船还是不知。

我强忍住恶心,问老四,你们这是门生意是不是?

他说,分人吧,一般人我们就负责把他给弄到鸿博完事。然后他用大拇指指向后面,说,但是这个女的——我嫂子——她情况太复杂了,我天哥愿意跟她结婚也是做出了老大的牺牲。民政局不比鸿博,人多眼杂,安保又多。风险挺大的,你说是吧。

我问,鸿博是什么地方?

他说,哦,就是鸿博工业区那块。

为什么要去那儿?

他说,这你都不知道?鸿博那块能帮人屏蔽了内核。你要是哪天有需要,随时找我啊。

这个时候后面已经没有推搡的声音了,转而变作男人粗重的喘息声。我第一次真切地体会到欲哭无泪的感受。

天已经破晓,我们再一次回到三洋火车站外面。我朝窗外看去,才发现霓虹灯已经熄灭了。粉光熄灭了以后,原来就是灰突突五个破败的铁架子。

我从梦中醒来,脸上挂满了泪痕。

表嫂还在我身边,面带忧虑地问我,你晕过去了,怎么叫也叫不醒,还好吗?

我说,我做了个噩梦。

她说,你一直在发抖,吓坏我了。

我说,这个噩梦太真实了。

她说,这就是内核死掉的症状对吧? 反复晕过去,又抽搐。

我也听不见她后来说什么了,只顾得上自言自语。但这些其实不是个梦,对吧? 我缺失的记忆,在以这种方式再现,对吧? 这样说来,表嫂的说法很大可能是真的。这些让人痛苦不已的记忆,终于被我的内核清洗掉。如今它们以梦的形式卷土重来,不正说明我的内核确实是死了? 可如果是真死了,为什么我的内核那条蛇是凭空消失了,却没有流一滴血呢?这么说来,也许这真的只是个过于逼真的梦而已。我也希望这只是个过于逼真的梦而已。

可是表嫂突然说话了,她问我,你是看见了被吃掉的记忆吗?

有一种皮囊被刺破的感觉,灵魂都散没了,我无力地看着她,什么话也说不出来。

她把手伸过来握住我的手,说,我爸那个时候也总是吐,但他告诉我是急性肠胃炎。我现在都明白了,我当时就应该猜到这重意思了……

看得久了,表嫂都不像是表嫂了,沙发也不像是沙发,墙壁也不像是墙壁。我不知道自己到底为什么存在于此,不知道自己到底有没有真正地存在过。疼痛。记忆的碎片像是尖锐的玻璃碴儿，挨个急速地划过我的脑袋瓜子。但是每当我想抓住其中一个，又发现它们像流星一样很快消失不见了。

只剩下一条尾巴是我能抓住的。

黎喜雁……真是个奇怪的名字……

表嫂慢慢地抚摸我的手，安慰我，我知道，你说起过她。

……很久没听过黎喜雁这个名字了，人们总是叫我黎贝卡……

表嫂轻声问我，什么？

我顾不上回应她，许多陌生的念头马上占据了我的大脑。

原来这句话还有后半句。我又是从什么地方得知的这后半句话？虽然听起来就像是黎喜雁亲口告诉我的一般，可我又确信她从来不曾同我说起过这些……难道说后半句才是真正的"病毒"，是真正被内核吃掉的部分？

黎喜雁，真是个奇怪的名字……很久没听过黎喜雁这个名字了，人们总是叫我黎贝卡……的确，黎贝卡这个名字听起来更适合你……

第四部分

一、内核死掉后的第一天

2050 年的 7 月快过完了，我的故事讲到现在。我才发现原来我生活的世界从来都缺乏一种英雄主义的叙写。我唯一可能做到的，只是把众多的碎片，尽可能真实地还原出来罢了。

在我内核死掉之后的二十四小时之内，我因为昏厥被送进了医院急救室。医生诊断为血压下降所导致的脑供血不足。我表姨妈此时正立于我病床之旁，以雷霆万钧、横扫千军之势，和当值医生大吵了起来。我听见她质问对方说，那意思不就是贫血？既然是贫血，不过就是眼前发黑的事，说恢复也就恢复了，有什么理由你们给他吊了两袋葡萄糖，他还醒不过来？医生支支吾吾地答，显示的是生理指标都正常，至于病人无法苏醒的可能性很多，具体情况要具体分析。目前唯一能做的只是观察。表姨妈再将一军，问，如果只是观察，那要你们有什么用？好歹你得告诉我，到底是什么原因引起的贫血？医生也说不上来，只能模糊而谈，说是和什么压力感受传导功能障碍相关,简单来说,情绪紧张、激动、兴奋,或者恐惧、疼痛、饥饿、疲劳,都可能是原因……

就在我表姨妈打算乘胜追击,再下一城之时,一个熟悉且浑厚的男声响了起来,我听了半天才意识到是老张。可老张这回说话说得温温暾暾的。我可能知道一点原因,他说,也许是因为内核……但是请你先不要声张……

表姨妈果不其然,丝毫没有理会老张的请求,大声嚷道,什么叫可能? 什么叫一点? 我把孩子交给你,你说肯定好好照顾他。怎么现在搞到医院里了? 你还和我说什么可能这个那个的。本来是想让他上手内核立法的事,现在命都快没了,当公职人员有什么用? 我这才明白过来,原来这件事的发生根本就不是因为我天资聪颖,莫名其妙被老张看中,选拔到了"黎喜雁专案组",而是我表姨妈私下里早跟人家打了招呼,为了我将来成为公职人员做准备。而另一方面,表姨妈虽然平素看起来强势刻薄,到底也算是为了我的前程奔波劳碌,这竟让我对她的认识产生了很大改观。

老张压低声音劝她,现在只是昏迷了,还在观察,什么没命不没命的,说这些多不吉利。

这个时候我又觉察出点古怪了:按理说老张和表姨妈两人在之前从没打过交道,只是因为工作才硬凑到一起,可怎么他们话语之间却有一股子亲友对话的熟悉?

我接着听下去。

表姨妈赌气似的说,我家出一个秦大川就够了。

秦大川是我表姨父的名字。正如我之前说过的,表姨父在我十三岁的时候,因为工伤去世。

老张被我表姨妈彻底击溃,求饶一般,你别提大川的事了。要是早能想到……宁愿我死,也要拦住他。

我简直要被老张气死了!说话只说一半,丝毫不考虑我们这些听众的需求。到底要拦住我表姨父做什么?难不成姨父的死是另有隐情?这么说来,表姨妈自己可能也门清,唯独对我和表哥宣称是因为高油高盐的饮食习惯才心肌梗死?如果不是我现在还躺在病床上动弹不得,我肯定马上坐起来,揪住老张的衣领全问清楚。等一等,既然说到了病床……

这个时候我才意识到,自己并非如他们所说是昏厥或者休克了。一个彻底昏死的人,怎么可能听见病床旁边人们的对话呢?而我除了可以清楚分辨每一个人的声音,竟然还能嗅到病房里刺鼻的消毒水味。

这么说来我根本没有昏厥。

我简直想把这个发现告诉身边的每一个人!

然而当我使尽全力想要努一努我的嘴唇,才发现全身力量都被抽空了,嘴唇是麻木的。我试图活动自己的手指,却如同深陷梦魇,动弹不得。一个可怖的念头好似一下击碎了我:我不会变成了植物人吧?

我再努力回想被送进医院前我到底发生了什么事:先是内核消失不见,紧接着我的躯体产生了那些类似癫痫的症状,这样看来是内核死亡的症状没错了。然后表嫂应该也照着我的方法去做了,那么她的内核还好吗?再后来……再后来"崭新"的旧日回忆像是流星一样匆匆划过,我一定抓住了什么,对吧?

黎喜雁……

黎喜雁真是个奇怪的名字……很久没听过这个名字了……黎贝卡这个名字听起来更适合你……

她是在哪里,在什么情况下,对我说了这些话?是在我开车昏昏欲睡的时刻?还是在内核设计院里,我第一次见到她的时候?都不是。更像是……更像是很久很久以前。像是上个世纪,像是上辈子,像是我还是崭新的另一个人的时候。难道这世间真有轮回转世吗?

这个时候我听见有人从房间里离开了,但我分不清是谁。

等到那脚步声完全消失以后,老张低声说,不管你怎么认为的,我的建议是,明天一早就把他转到我们那儿去,这症状九成概率是和内核不稳定有关。

表姨妈反诋道,就算真是的话,那留在医院治疗也安全得多。原来刚才走出去的是大夫。

老张的声音更低了一点,那可不一定,如果,只是如果,他的内核真的解离了。我是说如果。那么最为保险的方法只有内核重置手术。

表姨妈的嗓门却越来越大,你们的手术就能做到保险吗?如果真的可以万无一失的话,秦大川那时候也就不用整天酗酒,最后一头栽进你们游泳池里溺死了!

什么?表姨父是酗酒溺水而死的!这样又怎么能算作是工伤?

这个时候老张的声音彻底哑了。他哑着嗓子解释,听起来就像是一把骨头在说话。他说,也过去了这么多年,这么多年我们的产品你自己也用,效果怎么样你自己清楚……

表姨妈无情打断了他,说,对于正常人来说当然是这样,有内核没有内核,根本都没有什么区别。无非就是多了个虚拟的动物在眼前晃来晃去，说说话罢了。但你明知道他不一样……

我简直不敢相信表姨妈口中的"他"指的竟是我！我两只眼睛一个鼻子，哪里与常人不一样？

接下来老张解答了我的疑问。他说，这十年来我们接触过的情绪障碍病人没有几万也有大几千人，内核的疗愈功能是经过了近十年的检验。这十年里也没出过什么差错（我有情绪障碍却不自知？开什么惊天大玩笑）。你要是质疑这一点，就是质疑我和阿菜全部的努力了。

我又听到了阿菜的名字，看来阿菜也是内核技术的创始人之一。

表姨妈却说，人都死了快十年，你少这么叫他。

这个时候我才明白，原来老张口中所说的"阿菜"竟然就是表姨父！原来他们两个曾是亲密无间的战友。原来我笔记本上，和谢雨霏写在一起的名字，就是我最敬爱的表姨父。我胸中顿时涌起一股热浪，那是属于两代人青春的记忆……今天注定是不平凡的一天。我已经顾不上担忧自己成为植物人这件事了，只希望表姨妈和老张的对话永远都不要停下。

老张接着说，不管怎么样，我还是恳请你相信我们。

表姨妈说，这种话你也说得出？

老张问，什么意思？

表姨妈说，我现在回想起来，你一早要他过去帮你就是目的不纯。你早想好了要拿他做实验。

原来如此。老张是一早就知道我和黎喜雁的内核形态匹配的，钓鱼执法早在他的计划之内了。我才明白自己不过是一枚最无能为力的棋子。

老张听起来有点急了,说,你怎么说话永远这么难听?说的就像是我们为了一己私利一样。我们还不是为了攻克这个技术难点!

表姨妈不再讲话。过了一会儿,竟然出现了女人抽泣的声音。是我表姨妈在哭鼻子吗?

老张听起来也慌了,他笨嘴拙舌地安慰道,我向你保证一定解决……

表姨妈哭得停不下来,声音都模糊了。隐隐约约地,我听见她在说,我到了医院才知道……才知道他准备了什么(什么意思?我准备了什么,怎么连我自己都不知道)。如果没人发现的话,在那个湖边他就……我不能再失去他……

哦,原来她说的不是我这次进医院。可、怎么我还不止一次地进过医院吗?她又提到了大湖。说得好像我是要投湖自杀一样。我怎么可能自杀呢?况且我都不曾去过大湖……

不对,也许我的确去过那么一次。酒吧旁边的大湖,廖小静带我走过的那个。这么说来,也许还有另外一次——我记忆里模糊掉的那个野湖。在一个周五的下午,我翘掉一下午的课,和一个不记得是谁的男同学,转了两趟公交车,下来以后见到的那片湖。我至今分不清那天到底是我真实的记忆,还是幻觉。又或者就在那天,内核被注入了我的身体,从此改变了我整个人生的轨迹。

表姨妈停止啜泣以后就不再讲话了,老张也沉默了下来。

我睁不开眼,又听不见声响,整个人重新跌回黑暗的深渊。这就是属于我自己的"死亡山谷"了吧,我想。我感觉自己的身体越来越轻,如同一根羽毛,但又越来越沉,仿佛羽毛正在落入山谷。我想着想着，好像昏睡了过去。睡眠之中隐约听见有人走了又来，来了又走，不知道过了多久。

半睡半醒之间我做了许多梦。其中哪些是纯粹的梦境，哪些又是真实发生过的，我已经无从分辨。唯一能做的，只有在每一个稍微清醒的片刻，赶紧将那些一碰就碎的梦复述、记录下来。

天已大亮的时候，老四把小巴车泊在三洋民政局的后门口，音乐一关，扭头对后面的人渣吴雨天说，天哥，时间差不多了，后门进出，注意安全。

吴雨天没有说话，扶着黎喜雁的胳膊，两人下了车。黎喜雁得有一米七几那么高了，当下却如同一只小白兔一般，完完全全被罩在了吴雨天宽大的肩膀底下。她没有回头看我。我以为她会回头看我一眼的，我的心脏因此怦怦怦地跳得厉害。

老四仿佛也听到了我的心跳，安慰我道，放心吧，不会有问题的，昨天夜里我们已经打点过了，民政局一上班，第一单就给天哥他们办，不到十分钟就能出来。后门是员工通道，一般没人走。

我终于还是坐不住了，浑身上下像是被火烧着。于是我推开车门追了上去。黎喜雁的手被我紧紧握住了，她的手非常凉，好像结冰一般，好像我再用力一点她的手就会碎开。我不想让那吴雨天听到我们的对话，只好小声同黎喜雁说，跟我回去，我们也许还有别的办法，不至于非要走到这一步。

黎喜雁看着我笑了，像是冰天雪地里才绽开的莲花。她说，和谁结婚都不重要，如果可以，和你结婚也可以——只可惜你才二十岁。

绝望之下我只能说出一堆废话。我说，要不你再等我一年，或者我去派出所托关系把身份证给改了？

她轻轻把我的手拨开，转过身，继续离我而去。时间太久，等不及了。她的声音显得遥远至极。

老四趁我不注意的时候，攥住我的肩膀，一把将我薅回车里。他冲我吼道，你懂不懂规矩，不要乱走！万一你暴露了，我天哥怎么办！

我失魂落魄，根本懒得理他，嘲讽似的回答，你们警惕性还挺高。

老四却笑了，说，那可不，我天哥领导的队伍，素质杠杠的！他大嘴一咧，我才发现他实则长了张歪嘴。他接着说，我早就知道你小子心里想什么。我嫂子，你也喜欢，对吧？可这也没辙啊，照镜子看看，咱不论是长相，还是气质，和我天哥都没法比。那句老话说得好，天涯何处无芳草，你说对不？

我都快要被这个人逗笑了。

他接着劝我，况且我嫂子嫁给我天哥可真不亏。你知道有多少小姑娘上赶着，我天哥可都不带多看一眼的。

我敷衍回答，你天哥这么牛×呢。

老四却越发激情澎湃起来，不跟你瞎吹牛×，往三洋走的这堆小姑娘，十个里不说有八个，至少也得有一半吧，都是我天哥的忠实粉丝。你以为真有那么多人放着古耳区不待，非要往鸿博那鸟不拉屎的地界搬啊！

这个时候我才有点听明白了——看来这吴雨天是专门诱骗无知少女到三洋啊！难不成是要从事什么非法勾当？我简直不敢细想。趁着老四在兴头上，我问道，那这些女孩都去鸿博工业区干什么啊？

老四拧开收音机，咿咿呀呀跟着唱上了。唱完一整段，他才回答我,哎,说实话我也不明白,现在这些小年轻的。

我再问,那你之前说鸿博能给人内核屏蔽了,是真的吗?

他说,具体原理我也不明白,我天哥跟我说的,那块好像有个啥航天工程的项目,咱也不知道别的信号站是能影响了他们发射还是咋的。反正那一片区域都收不着信号,手机信号都够呛。

我点头,嗯,原来是这样。我想了一会儿,又问他,那你和你天哥的内核也被屏蔽了吗?

老四摆摆头,说,那没有,太麻烦了,我反正一般不在鸿博停留太久。再说有个小玩意儿跟着你又能咋了。我搞不懂那帮人为啥费这劲,还花钱。这一趟下来,不少钱呢。

我问,大概多少?

老四煞有介事地用手比了个"四"出来。我其实也根本不懂这个"四"到底指的是多少钱,我脑子里在想另外一件事,敷衍地答道,那可真不少——除了这个之外,你们还提供别的服务吗?

老四却突然之间警戒了起来,说,你问这干什么?

我想自己是操之过急了,赶紧后撤一步,应付道,就是随便问问……看你们给不给提供类似咨询这种服务,我还有个朋友也想跑到三洋来……

他追问,你什么朋友?

我心里一紧,十分担心露馅,只好随口胡编道,其实也不是什么朋友,就是酒吧里认识的女孩,好像叫……叫金静还是什么的。我一时实在想不出名字了,只好把我表嫂和廖小静的名字叠加到了一起。

老四歪着大脑袋,思考了一会儿,又反问我道,你说的酒吧是

"补路斯"吗？

我反应了一会儿，才明白过来他说的实际是 Blues。而 Blues 正是廖小静之前带我去过的内核社交酒吧没错。我于是点点头，心里有点真正感觉到老四和吴雨天一行人的神通广大。

老四一拍大腿，说，那就没错了，"补路斯"也是我天哥的联络点之一，你以后要想找我们办事，也可以到那儿去碰碰运气。不过你说的那个女的不叫金静吧？——信息量太大，还没等我反应过来，老四又说，来找过我们的姓金的女的，我记得只有一个啊，叫金喆吧，两个吉的那个"喆"。长头发，小圆脸，不太高。你说的是她吗？

我后背顿时如针扎一样刺痛。难道表嫂也找到了他们？我深吸一口气，故作镇定地回答，好像叫这个，我也记不清了，但论长相没错了。

老四冲着我意味深长地笑了一下，说，哎，你就说老搁舞台上光穿胸罩蹦的那丫头不就得了，都知道。

那个女人竟然真的是表嫂！而现在这头猪竟然用如此下流的语言形容她，等等，难道表嫂也要到三洋去吗？这该死的三洋到底有什么奇异之处，值得表嫂和黎喜雁冒如此之险……

我在这里清醒过来，发现这梦几乎可以被严丝合缝地安装在我的记忆里。反向论证，我的记忆机器也诚然缺少了许多必要的齿轮。真实与梦境不知道哪一个更可信——这样的机器又能带我去到哪里呢？我才明白过来，表嫂所言非虚。

大约后半夜的时候，我开始感觉身上有小虫子在爬，一会儿在手指头上，一会儿又爬进脖颈里。我先把手掌翻过来，用床单蹭了蹭手背,再抬起僵硬的手臂,挠到了脖子。做完这些,我突然意识到自己竟然苏醒了过来!

我不敢有什么太大的动作,鬼鬼祟祟地撑开眼皮的一角。余光瞥见表姨妈正双手抱臂,坐在远处的扶手椅上眯觉,她嘴巴半张不张的,显得有点傻里傻气。不知道为什么我就笑了,以前的我是怎么也不敢笑她的。

我又把眼睛彻底睁开睁大,不动声色地环视四周,发现一个人也没有了。大夫、护士都去休息了,老张不知所终。按理说我是在表姨妈家里就晕倒了,那么应该是我表嫂把我送进医院的,但自始至终她也没露过一面。我回想起昏迷前,表嫂拉出来给我看的那只行李箱,心里一沉:难道表嫂现在已经离开古耳了吗?她是早就打定了主意,今夜启程吗?

想到这儿,我的心里产生了一种十分复杂的情绪:一方面我希望她可以一切顺利地去到三洋,彻底离开我那个不成器的表哥;另一方面我又十分担心这一路凶险,她会被那个吴雨天和老四占了便宜。还有就是,每每想到我居然是以神志不清、浑身抽搐的可怕模样与表嫂告别的,我心里就马上生出无限的悔恨与懊丧来。

各种情绪曲里拐弯地拧缠在一起,让我彻底迷失了方向。我不知道自己该做些什么,又该去往何地,留在这里无疑是最安全的选择,等到天一亮,老张可能就会把我带回内核设计院,然后给我做个什么内核重置手术。随着多余的记忆被删除,我简单而平凡的人生也将得以重启。可是这样一来,我大概率会完全忘掉黎喜雁,以及关于表嫂的过往。我日后也没办法写小说了,毕竟我连完整且真实的记忆都保存不了。

可是就算不做手术，我的人生也已经毁了。我未来每一次做梦都将把我推入万劫不复的深渊：我的鲜活的、真实的、过往的人生，竟然只能存在于虚幻的梦境之中。

不瞒你说，这个时刻我真心实意地想到了出家。毕竟佛家有云：一切有为法，如梦幻泡影。这用以解释我当下的境况简直不要太合适。唯一的问题是，如今出家也不再是找个山头庙宇住进去、吃斋饭那么简单了，哲学、佛学、文化课的考试我一门也过不了，何况还得交学费。

我发现自己开始流冷汗了，后背冷得要命，屁眼周围产生了一种向外辐射状的酥麻，是想要屙屎的感觉。而十足讽刺的是，在今天之前，我还以为自己是英勇果敢、铁骨铮铮的一条硬汉，处事遇事从不慌乱，总能想到解决办法。现下想来，那些果敢、冷静与自持，可能全都要归功于浑蛋皮皮——我的内核，它像吃垃圾一样吞掉了我一切负面的情绪与记忆。

而在内核死掉后的第一天，我就被生活吓得要在床上拉屎了。

这个时候表姨妈吐气的声音停下了。我猜想这一举动说明她很快就要醒了。我的脑子已经乱作一锅粥，想不明白自己到底是该留在这里装睡好，还是趁着天未亮的最后机会逃之夭夭好。慌乱之中我想到老四口中的"补路斯"，廖小静曾经带我去过的 Blues 酒吧。那也许是我表嫂启程的地点，也许我能在那里重新与她告别。更重要的是，在那个莫名其妙的酒吧里，我遇见了岛上的女人，存在于我潜意识边界的女人。我逐渐产生一种笃定的预感，如果再见到那女人，她会告诉我该何去何从……

二、Blues 废墟

抵达 Blues 的时候已经凌晨三点四十五分了,距离基站关闭维护还剩不到十五分钟,也许不算太迟,我想。

能在凌晨四点之前赶到这里, 真是多亏了刚才的出租车司机。我们绕着内核设计院大院的外围开了四圈,发现周围不是大湖就是荒地。司机一度通过后视镜里瞥眼看我,仿佛我是什么山精鬼魅、画皮狐狸精一样,要夺取他"书生"性命。绕完第四圈,我们重新回到内核设计院大院的门口。司机把车停在路边,按下双闪灯,以一种胡搅蛮缠的态度对我说,您自己下车走过去呗。我听了心有不快,却不愿与他起争执多生事端,只好无奈下车。

我沿着廖小静带我走过的漆黑的马路向前走。等到出租车贴着我的半边身子呼啸而过以后,这路上就再没有一辆车了。没有路灯,没有光亮,我甚至都不知道下一步是坦途还是深谷。我开始担忧,其实我根本走的不是一条真正的路,而是被困在了自己的噩梦里出不去,躯体实则仍然被囚困于病床之上。想到这里,我莫名又产生一种新的忧虑:有没有另一种可能,廖小静带我走的那条路根本不曾存在过,我是被自己的记忆彻底愚弄了。无数个自我怀疑的念头扑面而来,吹得我几乎站不住脚。我只能迎着风走,除此以外别无选择。

即使我根本看不见自己的身旁有些什么,我仍然告诉自己,那是一片大湖没错,靠近岸边的湖水里,生长着一片比人还高的芦苇。芦苇在夕阳下看是很好看的,它们会摇晃着身体,抖出金光闪闪的盐粒来。湖边会有个女孩子,坐在那儿等我。她会用手摸我的脸,摸我的头,然后告诉我每一个生命都可贵,告诉我活着就是最强大的事情。那个女孩后来到哪儿去了？她的脸到底是什么模样？我感觉自己越发恍惚，几乎确认了当下是身处梦中。既然是梦，那也干脆没什么可怕的，我索性闭着眼睛大步流星地往前走。闭上眼以后，我看那大湖反而看得更真切了。

走了不知道多久，我重新睁开眼睛，发现四周好像有了一点光亮。湖的尽头是条土路，我顺着拐进去，在远处看到了三扇隐隐闪烁着晦暗光线的窗户。那光亮太弱小了，难怪司机绕了四圈路也找不到 Blues 酒吧。

我推门进去以后，才明白过来是怎么回事。

尽管废墟状的楼体外表看起来与昔日我来的时候别无二致，推门进去却赫然换了一番天地：偌大的房间，里面鬼影都没有一个。有的沙发座被掀翻了，就算没被掀翻的那些，上面的抱枕也七零八落地被丢弃在了地板上。桌面上镶嵌着的海贝，很多都破损了，碎渣子掉满一地。别说音乐没有了，灯都打不开，我绕到吧台的后面找到了一排开关，噼里啪啦全拉下来，半点光亮都没增加。那些像海蛇一样蜿蜿蜒蜒的灯管，全部都像是死尸一样，不上不下地浮在一片漆黑的海里。其实说是漆黑也不全对，唯一的光源来自半截没烧完的蜡烛。烛油滚滚地落下来，把它牢牢固定在吧台的桌面上，如同受刑者拖拉着的惩罚。所幸鱼缸大多保存完好，剩下的热带鱼还是一副不知忧愁的老样子。

这地方是本来就如此吗，还是我真的在病床上躺了太久？上一次来这里，算算不过才几天光景。几天的光景，这个鲜活的梦一般的场所，怎么会说败就败了？还是说上次的繁荣也不过是别人装出来硬要给我看的?这也说不通。毕竟我又不是什么重要人物,充其量不过是老张的一枚棋子。那么有没有一种可能,是因为我来过这里,才带来了这场灾祸? 我不敢这么想下去……

就在我心里发慌、冷汗直流的时候,酒吧的大门被再一次拉开。我吓得马上蹲了下去,藏身到吧台底下一堆纸盒子的中间。

我听着那脚步一点一点朝我逼近,很轻但又很匆忙,像是个女孩发出的动静。她不似我一般,先犹疑着观光、凭吊了一番,而是径直冲到吧台的位置, 很快她吹灭了烛火, 又把蜡烛拔了起来带走——哦,原来她是这半截蜡烛的主人。

我心里突然闪过一个念头:这个人会不会是表嫂呢? 她夜里来这里等老四,发现酒吧都破落了,就找了根蜡烛点起来。老四终于没有出现。所以明天早上,她也会装作什么都没发生过一般,重新回到表姨妈的家里吗?

等到那脚步声开始远离吧台的时候,我屏住呼吸,缓缓地站了起来。等到我双眼从桌面后边升起来的时候,月光也透过玻璃正好打在那背影上。我看见那背影穿着一身白大褂,颜色比月光还要皎洁。她的背影比表嫂要高一点,更瘦一点,她扎了个高马尾,摇摇晃晃的。我想我可能认识这个背影。那一天她挤在--群男科学家中间,踮着脚往里看,即使她回过头来,也装作不认识我一般。所以这个背影属于……

廖小安?

我几乎要叫出口了。

廖小安!

我在心里喊她,但我确信我实际上没有发出任何动静。

那背影却依旧回头了。

那人走到了月光的光亮中，黑暗里我看不清她的面容。等到她再次向我走来，靠近我，我果然看见了一张圆脸，可这张圆脸又莫名其妙让我想起廖小静来。难不成内核死掉以后，我连一对长得并不那么像的双胞胎都分不出来了？真见鬼。

廖小安（从着装来分辨，应该是她）从口袋里掏出打火机，重新把蜡烛点燃，放回到吧台上，然后问出了此时此刻我正想问的问题。她说，你怎么在这儿？

我支支吾吾地答，睡不着，过来看看……这里怎么变成了这样？

廖小安没有回答我的问题，这让我隐约觉得她在怪我。她瞥了一眼楼梯口的位置，又问，楼上你去过了？

我赶紧说没有。

她点点头，也没什么好看。

在这之后的漫长时间里我和廖小安都没有说话。明明没有风，不知为何，烛火却摇摆个不停。我终于意识到我和廖小安之间其实根本没什么话可说，有话可说的那个是廖小静。我心里竟隐隐地产生一种怅惘，想着如果来的那个是廖小静就好了。

廖小安可能也觉察出了尴尬，她重新把蜡烛吹灭了取下来，提议道，这里太闷了，我们出去走走。

我不知道外面荒郊野外的一片有什么可走的，再者说就算同行一路我们俩又有什么可说的。但是当下这个时刻我太累了，已经没有力气编造个说法拒绝一个人了。同时我也实在想不出，除了瞎逛自己还能去哪里。于是我同意了，我从吧台后面转出来，又看了一眼那些海蛇一样的灯管，它们之中有的在月亮的映照下发出凛凛白光,竟然好像重新拥有了生命。

廖小安没有车,没有人来接她,我们没地方可去,就沿着黑暗的大湖边行走。廖小安不像廖小静一样,会一个人在前头自顾自走得飞快。廖小安始终站在我的身侧,开始的时候她像是有意识要保护我一般,把我挤到远离车辆的一侧。后来我明白过来,和她换了位置。她仰头看向我,竟露出感激的神情。

我仍然不知道该说些什么,强找话头。和那天比起来今天好像路上没什么车,我说。刚说完这话我就觉出不合适了,那天和我在一起的是廖小静啊。

好在廖小安没有大惊小怪,也许廖小静早就把事情的经过讲给了她妹妹听。她回答,已经凌晨四点了,可能没有人愿意在这个时候出来吧。

我说,可能。

走了一会儿,廖小安还是不说话。我别无他法,只好继续在头脑里搜寻一切可能的话题。我说,你刚才有没有在酒吧见到什么人啊?

她看了我一眼。

我说,除我之外的。

她想了一会儿,问,你来找人的吗?

我说,不是,只是碰碰运气……

她摇摇头,除了你之外没有别人了。

我有点失落,想着自己可能是永远失去表嫂的消息了。

廖小安却说,其实有些人还是不要再见到比较好。她的语气冰冷得很,我听不懂她是什么意思。

我们沉默着继续走。

不知道过了多久，我在黑暗里看见内核设计院楼宇的轮廓了。我想廖小安是该到站了，而我自己的前路还不知道要蜿蜒到哪里去。我佯装轻快地说，那就送你到这里吧，回去早点休息啊！

廖小安结结实实地朝我翻了个白眼，说，谁说我要回去了？

我说，你不回去，还要去哪里？前面哪有可去的地方？

这个时候廖小安迅速拖住我的手腕，开始拉着我向前奔。她手劲大得像头牛犊子，扯得我手腕生疼。我想起第一次捉住我的廖小静来，感慨廖家的神力真是祖传的。在廖小安的带领下，我们飞速跑过了内核设计院大院的门口。等到我们把保安室甩在身后老远了，她还不停下。我一个刚刚苏醒之人明显体力不支了，上气不接下气地吼她，早就过去了，还跑个什么劲！

廖小安松开我的手腕，继续跑了几步，她停下的时候整个人瘫坐到地上，还笑个不停。她把自己扭成一条小美人鱼上岸的姿势，伸手往裤口袋里掏着什么。我实在没眼看了，我说你掏啥呢，你也太不雅观了。她一边笑，一边把一支破钢笔秀给我看。她声音大得很，你看，这个才是真正的信号屏蔽笔。我早就不想提这码事了，应付道，知道了，知道了，厉害得很。她又说，跑过保安室，没人看见我们就行了，你说，刚才没人发现咱们，对吧？我心想这人疯了，和我一起压马路有什么可保密的？她们内核设计院的大院，又不是什么女子监狱，出来会朋友也不行？我同时还有点担心，怕经年累月枯燥无味的科学研究让这个小姑娘年纪轻轻就失去了正常的神智。于是我赶紧回答她，肯定没人看见，你放心吧。廖小安才捂着肚子，连滚带爬地站了起来。

我们继续往前走,直到黑暗像团雾气一般散掉,露出发蓝、发白的天空来。

我发觉自己是第一次在白日里看清楚这片大湖,它比我想象得还要更大一些。我停下来,扶着路边上的栏杆眺望过去,站在这儿,竟然看不清大湖的边际。廖小安也停下来,并排站在我边上,她给我讲,这个湖叫野鹤湖,传说冬天里会有好多白鹤停在这儿,反正我是一只也没见过,而且我查了,他们说的白鹤也不是白鹤,而是白鹳,是一种能飞过半个地球的候鸟。我其实根本不想知道这些科普知识,只感慨廖小安不愧是个科学家,什么东西都非得一探究竟。廖小安却好像对花鸟鱼虫的话题很感兴趣,继续自顾自地说,倒是有海鸥飞来这里过冬。有的海鸥会从高空俯冲下来,撞到冰面上,我就见过一次,不知道是不是在捕鱼,也不知道它们的鸟嘴会不会受伤。

我心里乱得很,不想再听这些婆婆妈妈的鸟事。倒是这大湖看着眼熟得很,它提醒着我,这一趟除了送别表嫂之外的另一个目的我也没有完成。那个站在岛上冲我挥手的女人。我想,她也会像表嫂一样,终将成为我生活中的又一个不解之谜。我和廖小安坦白,其实我刚才骗了你,我去酒吧,是想再看一次我内核里残存的记忆。

她耸耸肩,说,没办法,他们人都跑光了。

哦,跑光了。我重复她的话,这么说来是没有人被抓住或者被怎么样了,想到这里我心里倒终于轻松了几分。

廖小安又说,其实一个人的内核解离以后这些基站对他就基本没有作用了,当下的技术虽然可以直接对人的脑电波进行反馈,但是缺少了内核,你就失去了看见那些景象的介质。

我吃了一惊。她怎么知道我内核已经死掉了?我顿时感觉自己的生活正在被无数双眼睛监视着,就连廖小安都成了其中之一。

她拍了拍我的肩膀,让我镇定下来。我扭头,看见她的面部表情显得平静得很。她说,你别担心,我只是瞎猜的。语罢她又把手机前置摄像头打开,并把手机递给我,喏,你看看自己现在这副鬼样子就知道了。我把她的手机马上推回去,说,我知道,我现在肯定好看不到哪儿去。

我们站在湖边等了一会儿,太阳正从湖面升上来,湖水被映照得金灿灿的。

她说,天都亮了。

我说,是啊,天亮了以后又能怎么样呢。

她像是思考了好一会儿,才开口说,其实我也骗了你。如果你只是想知道那个站在湖边的女人是谁,我想那天我看见了。

我把眼珠子瞪得发疼,你说什么玩意儿?实在是太莫名其妙了,我不敢确认廖小安所指的是不是我心所想之人,但有一点是可以确认的,姓廖的又打算开始蒙骗我了。我当下虽然是晕晕乎乎的,但还不至于失去正常判断。当天带我去酒吧的那个是廖小静,而现在这个莫名其妙大放厥词的是廖小安,这我还是可以分清的。再者说来,我当时看到的女人明明是站在岛上,哪里来的什么站在湖边的女人?

廖小安也不着急,接着慢条斯理地给我解释,其实那个酒吧的基站是可以实现两个功能的,一个是 Interaction(互动),你知道的,就是让两个人的内核实现交流。另外一个功能叫 Residual(残余),也就是说它可以让人看见自己被删除的记忆。其实也不能这么解释,并不是全部的被删除的记忆,而是一段被删除的记忆的

Residual，就是残余的物质，你懂吗？比方说你把电脑里的文件删除了，清空了回收站，但事实上还有一些残存的东西会留在那里。大概就是这个意思。

我说，你的意思是我看见的景象，是我被删除的记忆当中的一个很重要的元素？

她说，没错，就是这个意思——所以酒吧里其实有很多人是独自去冲浪的，他们都是在找自己的 Residual。

我问，既然是属于我自己的记忆残余，你又怎么可能看到？

她不疾不徐、厚颜无耻地回答，我把结果也发送给了我自己一份，只要获得了管理者授权就不难办。

我像吃了苍蝇一样恶心得说不出话来。

她继续说，那天看到的 Residual 就是一片看不到头的大湖，和眼下这片没什么区别。那个女的就站在湖岸边，我只想知道她是谁，就抢在你前面，先过去看清楚了。因为我是带有目的性的，所以动作比你快很多——你当时正忙着在 Residual 里面四处探索。

我吐了。一点没有夸大其词，肚子抵在栏杆上，上半身往前倾，一低头马上吐了出来。浑身因为冷透了而哆嗦个不停。我抹了一把嘴，说，这么说来，你看清楚那个人之后，就强制我也退了出来？

她说，我也不知道为什么要这么做，我当时只是很害怕……很害怕你看见她。后来我马上切换到 Interaction 模式，又设定了一个海洋的环境，用来模糊你之前所看到的那片大湖……

我大声质问她，你为什么要这么做？

她的眼睛始终盯着前方的湖面，不敢看我。她说，我害怕你看清楚她的脸以后计划就全变了。我也没想到，最后还是会变成今天这个样子。

我说，你说清楚点。

她说，本来张主任找到我，跟我说了这个计划。要我找个机会，把你和黎喜雁放了，这样我们也许可以通过你们的行踪，一路追查到黎喜雁杀死内核的秘密。我以为你只是把她送到三洋，这一切就结束了。直到那天在酒吧，我心血来潮想要看一下你的 Residual。我没想到里面会是她，我根本没想到你俩早就认识……

我打断她，你说站在岛上的女人其实是黎喜雁？

她转头看向我，点点头，接着说，她占据了你 Residual 的核心，你懂吗。她一定对你来说非常重要。我害怕你会因为想起来了她，就和她私奔，再也不回来了。

我咬着牙说，就算我们私奔了，那又关你什么事？我心里其实大概猜得到原因，但这个原因我哪怕只是想起来，都觉得厌恶无比。

她说，我开始根本不知道张主任的计划是这样……我以为只是让你去套话而已……我以为我不让你看见黎喜雁的脸，那就什么事也不会有了……如果我早知道张主任是要把你也变成个实验品，我……但是话说回来我也没有别的选择，如果我不继续，那我肯定先完蛋。

我明明快要恨死她了，但是这个时刻却对她产生了一点莫名其妙的怜悯与忧虑，我问她，你不是说关于内核方面的事务还没有立法，属于灰色地带吗？

她说，那是对于你们这些人。在这里上学、工作的人有我们自己的守则。

我说，嗯。

如果真的如她所说,那么一切就说得通了。我莫名其妙想起的那段与黎喜雁之间的对话,并非出自这几日,而是更早的时间里。那么是什么时候呢?我在何时何地早就见过了黎喜雁呢?我们之间到底发生过什么呢?我又转过头,仔细端详廖小安的圆脸。晨光打在她的脸颊上,粉嘟嘟的一团。我才明白过来,原来一个长了娃娃脸的女孩,也可以成为最凶狠的捕猎者、骗子。我心里因此根本不愿意相信她的话了。被人一而再再而三地欺骗,实在是太累。

廖小安接着说,我也没想过你会原谅我,或者怎么样的。我和你坦白这些只是希望你能尽快去做清零重置手术。

我突然之间觉得讽刺,干笑了一下,反问她,现在做手术还有什么意义?

她说,你也不想永远生活在梦幻般的世界里,对吧?

我说,我把这些都忘掉,才是真正回到了幻觉里吧?

廖小安把脚底下的一颗石子踢到湖里,说,其实想这么多做什么呢,只要活得舒服不就足够了?

此时我意识到她可能真的是廖小静,但又觉得很讽刺,一点都笑不出来。我只有最后一个问题想问她。我说,你今天为什么穿了一件廖小安的衣服?

她顿住了好一会儿,才说,其实这个世界上从来没有过廖小安这个人。

我其实早就预想过这种可能性了,但是我之前怎么也不敢相信廖小静会连这种事也能面不改色地欺骗我。

她接着说,我不知道该怎么面对我欺骗了你这件事,我当时唯一能想到的就是造一个替罪羊出来。

我说，我明明看到了你们两个站在一起。

她说，其实你根本没看到，只是当时你的内核完全紊乱了……我在修复你内核的时候，加强了它辨别现实的功能。这之后我只给你看了一张有两个我的照片，剩下的部分都是你自己补充的……

我觉得这个世界真是荒谬到了幽默的地步，我笑得停不下来。我边笑边说，那可真是我活该，我自己骗了自己，我还帮着圆你撒的谎。

她却说，我也走过这样的路，我们都走过这条路。这条路走过了以后你才发现，内核是最好的选择。

我说，你想用这种方法劝我去做清零重置手术？

她说，也许我比你还要了解你自己。

我扭头看她，你是不是太自信了一点，廖科学家？

她双眼发直望向湖水，仿佛她的肉身根本不在岸上一般。她说，就像你之前说的，不然你以为张主任为什么找到了我？

我无话可说了，扭过头来，看向前方。远远的，仿佛看见一只白色的大鸟栖落在湖面，一眨眼的工夫又消失不见。我知道是自己眼花了。但是廖小静却说，是白鹳！白鹳从这里飞过了！

三、囚禁

哎，哎，醒醒。一双黢黑的手拍打着我的脸颊。

我感觉到自己正躺在冰凉的地板上，后背隐隐痛着，眼皮很沉，几乎睁不开。我又睡着了？我扭动后背，挣扎着想要快点起身，却发现一只穿着墨绿色军靴的脚正严严实实蹬在我的胸口上。我动弹不得。

那脚的主人说，平白无故你为什么要救她？这声音很阴沉，仿佛暴风雨前的夜晚。

我想了一会儿，才明白过来这里的"她"指的正是黎喜雁。顺着那只脚往上看，果然看到一个戴鸭舌帽的男人。是吴雨天？但我却仍然看不清他的脸。而老四蹲在我的旁边，黑胖的大脸倒是格外分明。老四说，我天哥问你话你就直说，只要你小子如实交代，我天哥也不是那种不讲理的人。

我根本不明白当下是个什么状况，问道，我怎么睡着了？这是在哪儿？

老四说，你先别管这些了，赶紧交代吧。

我说，交代什么？

还没等老四回答我。吴雨天把脚抬高，照着我的心口又来了一下。

我感觉自己要吐血了。

老四站起身，小声对吴雨天嘀咕，我看这小子可能真不知道，别回头搞出人命。

我挣扎着坐起身来，环视四周，发现自己正处于一间破旧的教室里。前面是黑板，桌椅板凳四散在角落。如果没有猜错，这就是吴雨天他们的据点。但当务之急是搞清楚刚才究竟发生了什么。我深呼吸两下，努力使自己冷静下来。我说，你就算打死我也没有用，刚才发生了什么事我都不知道。

吴雨天背过身去，仿佛刻意不让我看见他的脸。老四回答了我的问题，说，提醒你一句，之前我天哥问，你为啥要救我嫂子来着。

我照实回答，我也不知道为什么，本能。

老四把歪嘴凑到吴雨天的耳边，我就说这小子也稀罕咱嫂子。

吴雨天这才转过身来，从高处俯视着我，说，民政局里是你们的人？

我不解，什么人？

他说，抓我的人。

我不明白你什么意思。

他说，你刚才叫黎喜雁不要去结婚，为什么？

老四插嘴，他稀罕我嫂子不是。

吴雨天斥道，闭嘴！

我这才有点明白过来，事情应该是这样：刚才吴雨天去民政局领证结婚，进了里面却起了疑心，以为是我和别人里应外合来抓他，于是马上跑了出来，撤回到自己的据点。同时把我打晕带走。照之前表哥的同事小刘所说，吴雨天此人行事极为谨慎，且有超强的侦察能力，这么说来就能对得上了。我心里逐渐有了底气，站起身来，注视着吴雨天的眼睛，说，刚才我不让她跟你进去，是因为我觉得你是个人渣，和你结婚就跟跳火坑没有什么区别。黎喜雁还不如和我结婚，起码我还算个好人。

老四听到这儿，冲过来就要揍我，被吴雨天拦了下来。他说，这么说来里面的事跟你没关系？

我说，什么事？

他却笑了，也许真是我多心了。把你打晕，对不住了。

我几乎确认了，事情的经过与我推测的版本应该差不了多少。这时我开始仔细打量吴雨天的脸，才发现他高大的身体上，却生了一张短小的尖脸,秀气得像个女人,一笑起来,更是戾气全无。怪不得他总也离不开那顶鸭舌帽。我松了口气,说,不要紧。可是黎喜雁去哪儿了?你们该不会把她留在民政局了吧?

吴雨天说,那不可能,放心,她累了,我给她找了地方休息。

我说,我们现在是在哪儿?

他说,这你不用管。

我问,这里就是鸿博吗?

他说,不是,你们先在这儿休整一下,等到晚上再启程。

我说,黎喜雁在哪儿?我要见她。

吴雨天拍拍我的肩膀说,会让你见到她的。说完这句话,他和老四走出教室,从外面把门锁了起来。

这个房间里没有窗户,房顶的灯管始终亮着。手机不知所终,但信号屏蔽笔却还留在我的裤口袋里。我看到房顶的一角有个摄像头,没有红点亮起,可能早就废弃了。鬼地方。不知道自己刚才晕了多久,甚至不知道现在到底是黑夜还是白天。皮皮窝在我的脚边,看起来十分忧伤。我问它——虽然我心里几乎已经有了答案,我们还能从这里出去吗?皮皮没有回答我,却说,好处是,你起码知道了黎喜雁和那人渣还没有结婚。我说,你也说是还没有而已,只是时间的问题。

皮皮重复了一遍我的话,只是时间的问题。

四、谋杀

那一天的后来到底怎么了,我已经快要记不清楚。

只记得一个头破血流、面目模糊的男人，举着胳膊朝我们冲过来。廖小静尖声叫着快跑、快跑……到最后声音都破了。我感觉自己好像没有动弹，又好像在被廖小静拖着跑。真相是什么，无从得知了。男人逐渐接近我们的时候，我才发现他高举着的不仅仅是胳膊——实际上他的手攥成个拳头，一把尖刀正从拳头里生长出来。他是个杀手，原来他是个杀手。我对自己说。这个时候廖小静的声音像是在离我很远的地方响起来。她喊，是陶正达，是他！也许她并没有真的离我而去，只是我的耳膜有点堵而已。

陶正达在以很慢的速度向我靠近。当然也许这些过程实际上发生得很快，只不过在这危急的关头，我的大脑仿佛也有了高速运转的超能力，这让我看着身边发生的一切，不过是一场略显滑稽的慢动作而已。他的胳膊很长又很细，显得他整个人仿佛一面倒插的旗子，在风中猎猎作响。我想他不应该高举着手跑过来，这样实则会打破身体的平衡。把拳头缩在胸前更好一些，不论是出拳还是出刀都会更有力量，也丝毫不影响一个人跑步的速度。

等到他距离我只有半米的时候，我想起了另一件事，于是我开始竭尽全力，将视线固定在他因为运动而上下起伏的鼻子上面，但这比我想象中要困难。可我还是大概看出来了——至少廖小静这一点没有骗我——他的确拥有一个十足歪的鼻子。如果把两个鼻孔的中线看作时针的话，那么陶正达的时针至少已经指向下午七点了。那么为什么不是早上七点呢？我也想不通。也许是因为有滴滴答答的血滴正顺着他的鼻尖落下来，而这种惨剧不应该发生早上吧。

陶正达冲过来的时候，嘴里好像还叫嚣着什么。直到我的眼睛结束工作，耳朵才算彻底打开。我听明白了。他说的是，我要杀了你，你这个臭婊子——如无意外,臭婊子应该是指我身后的廖小静。

对于这件句话我倒是表示赞同。我想说,没错,廖小静的的确确是个臭婊子。但是和大脑相比,我的舌头运动得实在太迟缓,以至于我一句像样的话也说不出来,即使说出来了什么,我自己听起来也只是咿咿唔唔的怪音。另外一方面我所想的是,即使廖小静是个十足的臭婊子,那也不该是一个人举起刀子的理由。

"臭婊子"这个词之后,陶正达的声音也被风和速度给吞没了。

我挡在廖小静的前面——也有可能她这只狡猾的小狐狸早就在我身后逃之夭夭了。不管怎么样,我想我自己是不会挪动身体,不会躲闪一下的。这是我作为男人最后的尊严。我感觉到自己有很多想说的,但脱口而出全变成了长长地怒吼。

啊——

我感受到疼痛。

疼痛像热带雨林一样,在我身上铺展开来,没有尽头。我记得以前有人和我说过,刀子捅进身体的时候,只会感受到像流水一样的凉意,根本没有疼痛感。

✕你妈的大话精!

后来不知道过了多久,廖小静冲过来,用两只胳膊抱住我的脑袋,这让我觉得自己的头仿佛有无限大一样,很不舒服。我说,你别抱着我了,喘不过气来。廖小静像是被吓了一跳,松开双手,开始放声大哭起来。我说,你别哭了,去看一眼,那个疯子在干吗?廖小静转而掐住我的人中,边哭边说,跑了,朝反方向跑了。我说,那就好,给我叫辆救护车吧,你掐得我要疼死了。廖小静把手缩回去,很抱歉地问我,现在感觉如何?我说,疼,浑身都疼。廖小静也不哭了,站起来,把我后背抬高,双手架住我的两肩。她一发力,我才明白过来,她是想把我从地上拖走!疯婆子!

我咳了两下。全身要被疼痛给拆散了,刀口好像在止不住地变宽变长,可能一会儿我的脏器就要泄露出来了。廖小静的双手死死扣住我的腋下,仿佛再走一步,我的胳膊就要被生生拖拽下来。后背在粗粝的地上摩擦,一层皮都要秃噜下来。我感觉自己正在受着廖小静这个怪力少女的极刑。我求饶道,别管我了,你走吧。

她却说,不会的,我不会让你死了。

我说,你去找人来,我可能就不会死了。

她说,没有人会来的,你懂吗,没有人。

我说,我真不太懂。

她再说一遍,没有人,没有人会来救我们了。

五、囚禁与谋杀

我被关在一间没有窗的废弃教室里。一个窗也没有,连后门上都没有一小块玻璃。什么样的教室会连窗户都不安呢?如果这里里果真坐满了学生,一堂课上下来,岂不是像打开鲱鱼罐头一样,人都要被臭气熏透了?等一等,这种时刻我为什么还要担心别人被臭气熏着的事?难道当下最该考虑的不是我自己的命运吗?吴雨天肯定不会放我出来了。这么看来计划是早就定好的,他们从来没有打算把我也带到鸿博去。而是将我困在这废弃的学校里,任由我在此处自生自灭。不会有人来救我。

我靠着教室的四壁一圈一圈地走。除去黑板槽里散落的几个粉笔头,再找不到什么有价值的东西。粉笔头又能用来做什么呢?除了在黑板上含恨留下我的遗言,也没什么其他用途了吧。皮皮跟在我的身后走,它厚厚的肉击打在地板上,发出嘀嘀嗒嗒的声音。这样好听的声音我将再也听不到了。

走了几圈以后,皮皮终于说话了。也许还有一个办法,它说。

我简直不敢相信自己的耳朵。你说什么?我蹲下身来,直视着它的圆眼睛。

它却兜了个圈子,说,其实你能想到的。

我要被气死了,这种时候你非要跟我猜谜语不成?

皮皮屁股一沉,坐了下来。其实这个法子早已在你脑中,它说,只是你不愿意承认而已。

我说,我完全不知道你在说什么。

它说,黎喜雁在车上已经把方法教了给你,你早就明白了,我说得没错吧?

我思考了一会儿。一件离奇古怪却又无伤大雅的小事,我说。

这个时候皮皮翻身,躺倒在地,把肚皮完全暴露出来。挠我的肚子,它命令我。我照着做了。它又说,挠的时候再用点力,我早就想和你说这事了,你的手指总是轻飘飘的,弄得我痒得要命。

我说,对不起,我不知道。

它说,没关系,做好这一次就够了。

我说,可是我还是不能这么去做。

它说,只是暂时的,等你回到古耳,重新复活我一次不就好了?况且如果不这么做的话,我们都要永久地死在这里了。这是唯一的法子。

我说,如果这样做了,你会有痛苦吗?

它说,不会的,归根结底我只是你脑中的一段程序啊,你是知道的。

我说,你早就不只是一段程序了,对于我来说。

皮皮翻了个身,趴到地板上,毛茸茸的尾巴翘得很高,摆来摆去。

一件离奇古怪而无伤大雅的小事。我想。如果我想得没错,那件小事便是我记忆世界之中真实与虚幻间的界碑。找到它,证明它。我对自己说。从此"真"将不成其为"真","假"不成其为"假"。只有混沌如飞尘柳絮般悬浮于世。皮皮必死无疑。归根结底内核不过是一段程序,程序的本质便是逻辑,而混沌之下,逻辑又将如何存在?

皮皮说,那么我们就开始吧。

是高一的一个周五,记得吗?你翘掉了一下午的课,跟一个男生跑到了城北郊区的一片野湖边上坐着。那个男的叫什么来着?你已经记不清了。可你依稀记得他留着一头长发,很瘦,但是力气很大。为什么你会知道他力气很大?因为后来他一把将你推入了湖中。即使是夏天,水仍然是冰冷刺骨的。你明明会游泳的,却发现自己怎么也漂浮不起来,身躯像是变成了棉花做的,它们吸饱了水,决心要把你堕入黑暗之中。你挣扎,手臂像个螺旋桨一样地摆动着。你看见岸上的男人消失了。终于用尽了力气,沉下去。你摸到自己的口袋里实际上装满了石头。那石头是你自己放进去的吗?你不记得了。你越沉越深,然后太阳也消失了。没有人知道你在湖水里。你将在黑暗之中长眠。

我觉得要窒息了,大口大口喘着气,够了!这不是真的!

它说,真的假的又有什么关系? 就是从那一天起,一切都改变了。你忘记了那一天的存在,因为就是在那一天我被注入你的体内。你的一部分死了,我代替那一部分活了下来。

我说,他为什么要把我推下水?我们之间有什么仇,他为什么非要杀了我不可?

它说,或者你应该问,后来是谁救了你? 你把水咳了出来,睁开眼问那个人,你叫什么名字?

那人回答,黎喜雁,大雁的雁。

你说,黎喜雁,真是个奇怪的名字。

她用袖口把你脸上的水草和污泥擦干净,说,其实很久没听过黎喜雁这个名字了,大家总是叫我黎贝卡。

你说,的确,黎贝卡这么名字听起来更适合你,你长得很洋气。

她笑了,现在哪还有人用"洋气"来夸别人? 你真老土。

原来是你救了我,黎喜雁。混沌之中,我再一次看见湖边站着的那个穿长裙的女孩子,她终于扭过身来,深情款款地注视着我。我走近了,果然看见黎喜雁在朝我微笑着。她伸出手来抚摸我的脸颊。每一个生命都可贵,她说。

这个时候皮皮趴在地板上,不再动换。我的心里空空如也。但是我确认,此时古耳区某个内核管理处的警报会遥远地响起来,我们也许会因此得救……

六、关键是痛感

廖小静还在拖着我往前走。我问她,怎么这一切还没有结束?怎么一个人可以在痛苦里清醒这么长时间?

她回答我,可是声音不再像是她的。痛苦是必要的,她说,你记得吗? 事情的关键就是痛苦啊。

我没有听明白,你说什么?

她说,你不是已经明白了,你已经明白了呀。梦见挨打通常是因为你感觉到了疼,我和你说过的,联结幻觉与真实的关键是痛感。

我这才明白过来,竭力扭头去看她的背影。虽然那穿了白大褂的身体仍是属于廖小静的,但我听出来了,那声音却是属于黎喜雁的! 有生之年我竟能再一次看见她,我欣喜若狂,于是高声说,是你救了我! 我全都想起来了,是你救了我! 刹那间所有痛苦都不值一提了。

她不理我,自顾自说,这疼痛如此清晰,乃至客观,正是因为它们并没有真实地作用在你身上。只是你的大脑让你以为自己是如此痛苦。它们蒙蔽了你。

我闭上眼,像是再一次回到古耳通往三洋的国道之上,黎喜雁仍然坐在我的身边。我把车子开得飞快,在经过一条没有尽头的隧道。我把黎喜雁的手拉过来,放到自己的腿上。我说,我全明白了,可我只想停留此处。

她微微攥紧我的手掌,轻声说,走吧。

我鼻头发酸,再等一会儿,可以吗?

她轻轻把我的手掌拨开,说,我知道,你去就是了。

我说,我会永远记住你。黎喜雁,真是个奇怪的名字。

她说,大家总是叫我黎贝卡。

我说,明明"黎喜雁"这个名字更适合你。

漫长的隧道被车大灯一照,明晃晃如白日。我看见了出口。一只鸟向着远处飞了出去。是白鹳吗,还是大雁?

我从睡梦中惊醒,口中发出婴儿般的呓语,像是最古老的歌谣。一个遥远的夏日午后,母亲摇着外婆的旧蒲扇,轻轻摇动嘎吱嘎吱作响的摇篮。这个时刻到底是属于过去,还是未来?是初生的低吟浅唱,还是即将迈向死亡的终曲挽歌?

很快我的身躯又被沉入水中。我双手拨动混浊的湖水,仿佛在找一扇永远打不开的门。每一个我以为能推开一条缝隙尽情呼吸的时刻,总有人用一万倍的力气重新把我推回水底。我的两条胳膊已经酸痛得再也无法抬起,意识也逐渐模糊起来。我用尽最后的力气告诉自己:这一切不过都是假的,我总会回到真实的世界。

不知道过了多久,我再次睁开双眼,发现自己躺在手术台上,炽亮的白灯晃得我几乎失明。我只能隐隐约约看见离我最近的人,那人顶着一头蓝色的短发。此时此刻这蓝色就是我惨白世界里的太阳。

离我最近顶着蓝色头发的那人却被我的苏醒给吓了一跳,她大叫着往后退了一步:×,这个怎么醒了!

于是我得以确认,当下我正身处自己的清零手术现场,也许我成为唯一一个可以在这种紧要关头醒悟过来的人。陆续有科学家从远处围过来,瞻仰我如同瞻仰神迹。虽然我完全看不清他们的脸,但我仍然可以摆出一副"我抓住你了"的得意表情。我清清嗓子,说,有两件事,第一,赶紧把手术灯关掉,晃得我眼疼;第二,我要见老张。

大灯熄灭以后,我从手术台上坐了起来,也逐渐看清了眼前的世界。顶着灰蓝色头发的果然是她。我问她,怎么是你啊?你不是管理处坐柜台的吗?

她显然被我吓得神志不清,一改以往眼高于顶的模样,唯唯诺诺地答道,我是负责记忆档案管理的……

我冲着她微笑,以示我对于自己不打招呼就私自醒来的歉意。我说,我见过你很多次了,还不知道你的名字……

可没等她开口,手术室的大门像是被踹开一般,发出一声巨响。老张急匆匆冲进房间里,眉头锁死,头发灰白,仿佛老了十岁。他厉声质问后排的三位科学家,这是怎么回事?很快他又冲到我的面前,拉住蓝头发女士的胳膊,问,是你最先发现他醒了?你跟我说,到底发生了什么?

蓝头发女士支支吾吾答不上来。

我一边拔自己身上吸附着的透明管子,一边制止老张的粗鲁行为。我说,你先放开她,这事和她一点关系都没有,我们换个地方再说。

老张死死盯着我,脸上露出难以置信的古怪神情。

手臂上的管子都薅了下来。我才发现自己的脑袋上也被连接了许许多多的管子,我伸手去拔的时候,却摸不到一绺头发,这才发现自己是被剃了个光头。不知道为什么,眼泪很快淌了下来,从下巴滴落。我问他们,她手术的时候也被剪了头发吗?黎喜雁,她也曾经和现在的我一样吗?

七、Residual 的复仇

我被老张带回了他的家里。

说是家也并不准确，实际上是内核设计院给他分配的职工宿舍。一栋不算太老的旧楼房，直上三楼，左拐的一家即是。房间是背阴面，现在正午，阳光也丝毫照不进来。我环顾四周，偌大的客厅里除了一张旧布艺沙发，一只白色金属茶几，招待人用的一把破木头椅子，进门处一排被挂满了衣物的晾衣钩以外，几乎什么都没有了。两间卧室的房门都紧闭。即使白天开了灯，客厅里还是黑黢黢的一团。

他给我倒了杯冷水。我接过来抿了一口，说，你家挺空的。他说，嗯，没什么时间置办家具。我说，朝向也不太好，不亮堂。他说，这些我倒也不在乎，毕竟是单位给分的宿舍。我说，嗯。然后就不知道该说什么好了。

我被一种极其强烈的尴尬所笼罩。在此之前，更准确一点来说，在手术室里叫嚣着要见老张的时刻，我还以为自己将会以一种近乎英雄的姿态，居高临下且不失辛辣地刺破老张：看吧，你的那些伎俩在我身上可都没有得逞。我还以为自己会因此感到酣畅淋漓。可真正走到这一步，我才发现现实与我所臆想的场景相去甚远。是怜悯，我想。是我对坐在自己面前的这个仿佛一夜之间便白了头的男人，产生了一种无法摆脱的怜悯之情。我甚至开始觉得不好意思，因为自己没打招呼便从内核重置手术中擅自醒来。这个男人倾尽心血为我编造的一场幻觉，我一声不吭便给戳破了。

老张没有说话，身体前倾坐在沙发上，两只手交叉在一起，很克制的样子。

我想最起码我得说点什么，随便什么都好。防盗门没有关上，过堂风吹进来，凉飕飕的。我伸手胡噜了两下自己光如明镜的脑袋，说，你们把我头发可都给整没了，起码我们也算扯平了，你说呢？老张的嘴角动了几下，仿佛有很多话要说，可到最后只是挤出个僵硬的笑容来。

我觉得难受，多喝了几口水，又说，但这一切也不能全怪我对吧？非要说起来，最开始先对我钓鱼执法的可是你们啊——从你让我加入这个案子的那一刻起，你就想好了是要利用我和黎喜雁的特殊关系吧。后来又给我植入了"解救黎喜雁"的念头，让我非得那么做不可。还派了廖小静来充当我的"朋友"，带着我"探险"，归根结底就是为了进行最后这场极其精妙的内核重置手术，我说得没错吧？我记得黎喜雁在法庭上就说过，她的内核重置手术是在一架模拟的火车里进行的，后来那火车还脱了轨。她损伤了指甲，却没有感觉到疼痛，因此她断定那场景是假的。这样看来，当时你们虽然可以引领她的大脑进入一个虚拟的空间，却忘记了解决手术所带来的疼痛问题。你在法庭上说你要改进这个问题。你确实没有胡说八道，所以在我的手术中，你们混入了"陶正达"这个人物，还模拟了他要杀我的场景，从而让我的大脑以为疼痛来自我的刀伤，以掩盖你们正在给我的大脑进行手术的事实。没错，这样就全都说得通了！

老张的身体逐渐后倾，直至完全地倚靠到沙发靠背上，看起来倒是轻松了许多。他说，我果真没有看错你，不论是逻辑思维还是想象力，你都属于同龄人之中的翘楚。

我说，你不要再恭维我了，一点意义都没有。

他像是被我噎住了，顿了好一会儿才说话，整体而言，你刚才说得不错，只是具体细节还有待推敲。你说是我们捏造了你被人砍伤的场景，这并不全对。准确来说，那些都是你自己的想象世界，我们只是稍稍做了一点引导。

我问,是廖小静引导了我?

他点头,嗯,这一次确实主要是由廖小静操刀,基于她对你的了解,并且手术当中的这个"用类似幻想来模糊真实感受"的想法也是来自于她。她确实是一位大有可为的青年工程师。

这么一说我倒想起来了。廖小静在 Blues 酒吧里,不就是设定了个皮皮在海洋奔跑的场景,从而模糊了我所看到的那片大湖,和站在湖边的黎喜雁吗?还有后来,骗我她有个双胞胎妹妹廖小安的事,也是类似的道理。想到这儿,我不禁笑出了声来。算是故技重施了,我说,确实是她能做出来的事。

老张问,什么故技重施?难道她此前就提出过这种猜想吗?

我说,那都不重要了。重要的是……是从什么时候开始,我就已经进入你们设定的场景里了?

他说,正如我刚才所说的,并不是我们设定了某个场景。场景的创造者是你,而我们只是跟随着你进入了它。

我说,所以那个酒吧也并没有被你们毁掉?他不回答。我依照着自己的推论,接着说下去,你们其实早就知道那个酒吧的存在了,对吧?你们也不想去摧毁它,甚至说它可能算是你们的另一个实验场?

老张不置可否。

我想我八成说对了。那酒吧根本就是核管局默认存在的地方!或者没准儿从根上说起,就是他们建造了那家酒吧!也许他们要用 Blues 酒吧这样的场所,来采集一些他们需要却又不好直白去要的数据信息?这样说来,那儿算是"内核黑市"也不过分了。不然像廖小静那种聪明绝顶又谨慎狡猾的人,怎么可能会冒一丁点的风险,带我一个不相干的人去个禁忌之所呢？我实在太天真了。接下来的问题就是……他们想要的数据是什么？我记得廖小静倒是仿佛给我解释过这一点……她说 Blues 酒吧有两种功能……她当时说了两个英文单词，一个好像是叫 Interaction，另一个又是什么什么来着……想不起来了。可是……慢着……廖小静不是在内核重置手术过程里跟我说的这些个屁话吗？那么也就是说，这些话都来自我的幻觉，根本就不能当真！

这个时候老张却说话了。是 Residual，他说，酒吧是用来寻找人们 Residual 的地方，也就是一些记忆的残骸。

Residual？听起来好像是这个词没错了。廖小静说的，你把电脑里的文件删除了，但总还会一些东西残存在那儿。Residual 就是这种东西……这么说来廖小静在这一点上倒是没有骗我？

老张继续说，关于 Residual，那是我们最新的研究难点，现在面临的主要问题是 Residual 的复仇……

我说，你等会儿，这是什么科幻电影的情节不成？里边怎么还有复仇的事？

他长叹了一口气，说，内核研发的本意，就是为了修复人类的创伤记忆。现在的问题却是，被修复的创伤记忆有时候并不能全部清除，它们反而可能深深地影响了主体内核的正常运行。

我说，影响？怎么样的影响？

他回答，在极个别条件下，目前内核程序的所有保护逻辑都无法 catch（抓住）某个 corner case（边角案例）……

老张又开始不说人话了。我打断了他，听不懂，能不能通俗易懂一点？

他想了一会儿才说，我很难解释清楚，通俗来说就是，当某种特定条件超出了内核的处理极限，则会造成主体内核的死亡……

我琢磨了一下，重复道，所以你的意思是，如果一个人的创伤记忆超出了内核的处理极限，那么就可能会造成内核的死亡？

他说，你可以这么理解，但不太准确。我们在最初设计程序的时候，就已经详细考虑过了内核应该如何处理极端创伤经历。当下的程序在这个环节也完成得非常出色。但是正如我刚才所说，最新的难点正在于 Residual 的复仇。也就是说，当旧时的创伤记忆重新被激活，内核该如何进行二次处理，这是非常困难的。被重新激活的创伤记忆，你可以理解为，其威力可呈几何倍数增长——当然这样的案例在近十年中都极其罕见。

我好像没有听明白，但又好像听懂了什么。我问老张，黎喜雁能将内核杀死，也是这样的道理？

他点头。

我接着问，我也是这样吗？我在记忆里重新看见了一个男人，看见他把我推进了湖里。那是属于我的创伤记忆吗？现在我重新记起来了这件事，所以我的内核承受不住压力，就死了崩溃了？可是为什么我们可以看见黎喜雁内核的死状，但是我的就只是消失了而已？我还以为是在记忆中寻找一件虚假的小事……我竟然认定了那就已经是杀死内核的秘密了……

老张说，当一个人开始过分关注真实与虚假的边界的时候，确实会对内核系统造成一定的损伤——就算是一个从来没有注入内核的人如此去做，都有可能造成自己记忆世界的崩溃——但那并不是根本原因。

我说，事情为什么变得这么复杂？这一切都太复杂了……听得我脑袋疼……

老张拿起凉水壶，又给我添了点水。他说，很久很久以前，在我还年轻的时候，我以为我是相信"爱"的。但是不知道从什么时候起，我开始在想，有没有一种可能，创伤才是那颗种子，浇水生根以后，影响了人的一生。

我说，你这么说太悲观。

他说，我虽不是医学专业，但从医学角度来讲，当一个人经受创伤之后，他的大脑可能会产生一些物理层面不可逆的改变。比如我们常听到的"杏仁核"，也就是一种有助产生情绪的大脑皮质下中枢，可能会因为创伤记忆影响而变得过度活跃，导致人更加容易感受到恐惧等负面情绪。再比如说"海马体"，也就是我们大脑中负责存储、调取记忆的部分，它受到创伤影响后，其体积会变小，以至于影响到一个人对于记忆的调取。那些让你感到恐惧的过去从而会像梦魇一样，无比清晰地困扰着你……

我打断了老张的话，我说，你是说过去的回忆重现？我不是也经常这样？忘记了许多回忆。然后回忆会像未来一样，在我身上重新发生一遍？难道说……

他好似没有听见我的话一般，自顾自说，我们的本意就是想让内核技术成为治疗 PTSD——也就是创伤后压力症候群——的一种常规科技手段。也许这一切从根本上就错了？也许他早就看明白了……

我问道，谁？谁看明白了什么？

他把头垂下去，双手一遍一遍将两鬓的头发往后捋，一副沉浸在自己世界里的模样。捧了一会儿，他把头抬起来，直愣愣地盯住我看，还有一点我想要说明白。最开始我的计划并不是这样。我当时得知了黎喜雁的案子，根据资料，你和黎喜雁有着十分匹配的心理类型。我起初就只是想让你加入我的顾问团队，从你的角度来思考黎喜雁行事的动机。仅此而已。我并没有给你注入过什么"解救黎喜雁"的念头，我之前就跟你说过，那是明令禁止的事情。我也没想到事情会走到这一步。可真的竟然走到了这一步。对不起。我欠你一句对不起。

我说，你的意思是，这一切都是廖小静自己的主意？

他说，如果你要追究这里边的责任，那么责任都在我一人。

我说，你别紧张，我也不会非要廖小静背什么处分。我只是好奇，如果不是你们最初给我注入了"解救黎喜雁"的那个念头，我当时怎么会鬼使神差地非要冒这种险呢？

他又长长地叹了一口气，说，也许 Residual 的复仇在那个时候就已经开始了……

八、遗言不需要了

皮皮卧在地板上，把身体蜷缩成一团。甚至它看起来都不像是只金毛犬了。它体形显得小了很多，跟一只生着黄发的小土狗没什么区别。我蹲在它身边，摩挲它后颈上的软毛，你现在觉得怎么样？可有什么难以忍受的痛苦？皮皮果然不说话了。我心里如同有巨石无声滚落。母亲的地毯。不知道为什么这个时候我却突然想起母亲的地毯来。母亲总爱买一些花里胡哨的地毯，客厅里铺着的是粉色调的土耳其风格,卧室里铺的是乳白色的长毛地毯。我从很小的时候起,就每日和皮皮躺在地毯上打闹。我总是揪住它肚子上的毛发不放,它咬住我的衣角,把我放在地毯上拖行,更多的时候我枕着皮皮肥硕的肚子睡觉。醒来的时候天都染黑了,我心中生出无限悲凉来。母亲该要做晚饭了,而每一次母亲的晚饭都使我更加确认,人生的确是悲凉的。

这个时候浑蛋皮皮打了个巨响的喷嚏,醒了过来。它说,确实是悲凉,把圆白菜和西红柿一起来炒,不悲凉都不可能了。

我忧愁的情绪马上一扫而光了,现在只想抡圆了拳头狠狠揍它一顿。我他妈以为你快死了!浪费我感情!

它甩了甩肥大的狗头,低沉着嗓音说,当下这种情况难道不比我成功死掉更让人绝望吗?

确实,这个浑蛋小子说得十分有道理。看来也没有别的法子,我想只有破釜沉舟的份儿了。我转到教室的后排,挑了一张摸起来最结实的课桌,开始近乎疯狂地冲着教室后门,一下一下砸起来。可那门看起来像是木头结构,砸起来却分明是钢板一块。在铁制课桌的大力撞击之下,只有几处留下了圆圆的浅坑。然后我决定转变思路,去砸墙壁,一通挥舞之下,墙皮大片大片地落下,内里的红砖也裸露出来,但墙壁始终没有被砸出个洞口来。×,没用的破桌子!我把课桌撇开,气得狂踢墙壁,脚底板都发烫了。

我想我确实要死在这个鬼地方了。没有人会来救我。我会渴死、饿死,喝自己的小便,吃自己的大便,最后被人发现的时候身上都生满了蛆虫。其实仔细想来,我真正怕的也并不是死亡本身。反而是一想到我的人生还有许许多多的事情没有做,也再不可能做了,就感到痛心疾首。时至今日我也没有成为个作家，甚至都没写出过一部值得欣喜的作品来……司法考试也没有通过，每天读的书结果都读进了鬼肚子里。最重要的是，黎喜雁的案子还没有弄个水落石出。鸿博是个什么鬼地方我还不知道。她要是真的嫁给了吴雨天，以后的命运将会如何？她救过我的命，可如今我被困在此处，没来得及报答她，我就要先挂掉了。一想到此处我的内心就无法安宁……哦，对，还有表嫂。我还没有告诉过她，她是我此生见过的最温婉善良、最像梦中仙子的女孩。还没有告诉她，就算她决心要永远地离开我们，就算全天下的人都觉得她做错了，她决定了的事情也要大胆放手去做，当然是在保护自己安全的前提之下，并且不要轻信了吴雨天这个浑蛋。还有，我的母亲，在遥远的地方生活着的我的母亲。虽然我并不想知道她的现状如何，我猜她也并不想知道我的。可是，叫表姨妈要如何开口，去告诉母亲我的死讯呢？我将会死得十分难看，甚至恶心，表姨妈该如何向她交代？因此还是不要告诉她，永远地瞒住她为好吧。我决定动笔将自己的遗言都留在这个黑板上……

我写到黎喜雁的时候，十分动情，不禁流下眼泪来。就在这个时候，我出现了幻觉，分明听见有人正用钥匙打开后门。我盯着那门看，心想着即使出现了幻听也没用，门又不会真的打开。正当我这么想着的时候，却看见门开果然开了。黎喜雁穿了一身蓝色的无袖连衣裙，款款走了进来。濒死之时，总能看见些求而不得的场景吧。黎喜雁走进来，也不和我说话，也不笑。我说，我都快要死了，你好歹给我个笑脸好不好？对方仍然不说话。

这个时候门外面却爆发出了一阵男人的笑声。老四捂着肚子走进来，后面还跟着个浑蛋吴雨天。我×！我忍不住骂了出来。在我临死之时,这个浑蛋吴雨天还要毁灭掉我和黎喜雁最后的一点温存。

我径直冲上去,对准吴雨天左边眼眶用尽力量挥拳。我底气十足,心想在我自己的幻觉当中,我还怕你不成? 一拳没中,却结结实实被老四宽大的黑色手掌给接住了。他再发力把我的手推回来,说,你小子这样可就没劲了啊,这么不禁逗呢?

这个时候我才有点回过神来,意识到这些可能并不是幻觉。他们真的回来接我了? 难不成他之前所承诺的根本都是真的? 我不敢继续这么想下去。如此一来,我岂不是成了妄作小人?索性就将错就错了,倒要看看这两人有什么说法——我挣脱开老四的大手,绕到他背后去,用整个身体的力量,再次扑向吴雨天。我嘴里喊着,我✕你妈! 可吴雨天一个闪身,轻松避过了我的攻击,又反手提住了我的衣衫,使得我不至于跟跄扑倒在地。我惊魂甫定之时,他却将我又扔回到了地上。他说,差不多得了,收拾收拾我们该走了。

我问他,去哪里?

他说,鸿博。

我说,现在是几点?

晚上九点半。

我问,你们把我困在这里几乎两天?

他没说话,抬头看见了我在黑板上留下的遗言,叫道,我✕,你这人是不是有病? 然后他挥手命令老四,赶紧擦掉,擦掉。

我说,我没想到你们还会回来。

他用鼻子哼了一声,本来我也没想回来,可如果我不回来接你,某些人就不跟我一起走,真不知道倒了什么霉。

我转而看向黎喜雁,我说,你又一次救了我?

她不说话，只是轻微朝我摇了摇头，示意我不要说了。我马上闭了嘴。

吴雨天走过来，脸几乎要贴近我的脸，问我道，你真不是卧底？

我抬起头，死死盯住吴雨天的眼睛。我不是，我说，单纯是为了救她。

吴雨天又盯了我一会儿，终于放松下来，说，我们快走吧，已经很晚了。

我问，到了鸿博我们住在哪里？ 听老四说那是个废弃的航天工业区。

他顺势把手臂搭在了我的肩膀上，说，走吧，去了就知道了。

九、过去变为未来

老张头歪在沙发背上睡了一觉。醒来以后，有点抱歉地跟我说，三天没有好好睡觉，实在太困了。我说，没关系，就是为了我手术的事？ 他说，也不全是。我说，那现在你们打算如何？ 如果这个方法也行不通了的话。老张没有回答我的问题，起身从茶几上的烟盒里抽出一支烟来，也不点上，只是放在手指间摆弄。这个时候不知道从哪里飞来一只不知好歹的乌鸦，停落在厨房窗户外的栏杆上，对着昏暗的客厅呱呱大叫起来。等那叫声彻底停了，老张才说话。

人的大脑是一个永远在变化之中的器官，他说，从某种意义上讲，今天的你与昨天的你不再是同一个人，因为你脑中的通路与联结早已发生改变。

我觉得他讲得很玄乎，不知道该回应些什么。

他接着说,记忆也并不是存储在大脑之中某一特定区域、可供你随时调取的图像或者录影。事实上回忆的过程更像是一个重新创造的过程:当你回想起和恋人第一次共进晚餐的场景,你其实是在尝试着描绘和重建那个晚上的一切,包括你恋人的模样,当天她的穿着,你们去了哪一家餐厅,点了什么菜,你怎么一不小心把菜汤溅到了自己的脸上,她却憋着笑帮你擦掉……还不只是这些,更重要的是,你在重温当天自己的情感变化。你每回忆一次,便重新走过这条路一次,乃至于你觉得那个晚上已经像刀刻一样嵌进了你的人生里,影响了你的现在,还有整个未来。

描述得如此仔细,我想老张八成是想到了自己的初恋女友。

这个时候,如果你想要彻底删除这一段记忆——听到他说"删除"二字,我心里不禁咯噔一下——我们以为,如果想要彻底删除这一段记忆,只需要切除与这段回忆活动相关的神经元即可,事实上在此前的一些内核重置手术中,我们也如此去做了,效果基本都如我们预期一样。

我心里想着,这种美好的初恋记忆他都想要删掉,活该他到这把岁数了还打光棍!但同时又突然想到了另一个问题,便问道,但是这种方法也有局限,对吧?有一些记忆比较顽固,不能通过这种方法清除?也正因如此,在我刚才的重置手术里,你们才费了那么大劲,要给我重建那些个场景?那算是一种全新的删除记忆的方法?

他点头,说,是针对创伤记忆的删除方法。创伤记忆,相较于正常的记忆,在人脑中隐藏得更深,要顽固很多。因此我们研发了一种新的方法。正如我刚才所说,这种新方法的本质其实是模拟了你在回忆的时候大脑的工作过程——也就是重新构建与描绘的过程。从创伤记忆的核心出发,你会逐渐联想到关于那件事的一切。我们的尝试则是,通过改变你脑中神经元的联结,从而改变你回忆的通路。也就是说,将过去真实发生过的事情,变为你想象中即将发生的事情。

我喃喃道,将过去真实发生过的事情,变为想象中即将发生的事情,从而让我忘掉那段记忆本身?这么说来我的未来果真影响了我的过去……

他说,这么理解也行。

我说,也就是说,因为我其实对那个渣男心存愧疚,才会看到他来杀我的样子?

他说,具体你看到了什么,我并不清楚。

我问,你不清楚?

他说,只有实施手术的廖小静才知道。

我点点头,哦,原来是这样。

十、失踪的廖小静

两天以后,廖小静失踪了。但我认定了这也许是必然会发生的事情,所以听到消息的时候并没有产生太惊讶的感觉。只是推算下来,她应该是在临出发前最后见了我一次。我被安排在表姨妈曾经短暂居住过的 101 房间休养。当然这一切都是我自愿的,并不是老张他们圈禁了我。那天半夜十二点半左右,有人来敲我的房门先连敲三下,再敲一下。我有预感是她。打开门,果然看见廖小静站在门外边,她脸色很白,头发湿漉漉地往下滴水,应该是刚洗过澡。我把她让进了屋里,问她,这么晚来找我什么事?她一进来就毫不见外地坐在了我的单人床上。她说,没什么事,就是随便来看看你。我突然想起了什么,往放在墙角的背包里翻了翻,果然那支该死的信号屏蔽笔还在我这儿。我把笔递给她,说,这个还给你。她把笔接过去,仰脸问我,你不想留着做个纪念吗? 我不知道如何才能把"不想"这两个字直白地说出口,也没有把笔接过来,只是转身朝着窗户外面望去。外面黑漆漆的一团,却跟个明镜似的,把屋子里映照得亮堂堂、暖烘烘的。我从窗户的倒影里看见廖小静把笔插在了我的床铺底下,然后屁股后挪,双手撑在腿边,两只小腿一荡一摇的。

我继续装作看着外面,说,其实我都知道了,你放了我一马。

她把头低下去,我也不知道自己为什么会说那句话——没有人会来救我们了——那话根本没有逻辑,你说是吧。等到后来你彻底把我当成了黎喜雁,我就真一点办法都没有了。

我说,具体的情况我也不能理解,但不管怎么说,是你保全了我的记忆。她救过我,这对我来说非常重要。我还记起来了,当时那个男的把我推进了湖里,对我造成了不小的伤害。但即使是这样,我也不后悔记住黎喜雁。

廖小静把头抬了起来, 盯着我的后脑勺看。她看了一会儿,才说,如果我说后来我是希望你把我当成是黎喜雁的,你信吗?

我感觉自己身体僵住了一下。在我原本的设想里,如果亲耳听见了廖小静对我的表白,我应该会感到无比恶心。但现在我却没有那种感觉,就只是浑身上下僵住了,感觉时间都静止了,仿佛我们两个其实是正处在一帧老电影的画面里。然后不知道为什么,我就和廖小静做爱了。我一只手从她身后抓住她湿漉漉的头发,另一只手扶着她的腰。在我弓着脊背向前挺进的过程中，又突然感觉时间好像过得很快很快，快到整个世界都变成了流动的液体一样，正顺着廖小静乌黑的发梢滴落下来。事后我们仰面挤在逼仄的小床上喘气，但彼此的皮肤却并未曾触碰一寸。过了一会儿她侧过身来，一只手撑着头观看我。看了半晌，她咧嘴笑了，说，这下你可就算我男朋友了，我也就只有你这一个男朋友了！我也笑着看向她，却什么话都没有说。

后来廖小静穿上衣服就离开了。第二天一早我去找老张"复诊"，听其中几个科学家说找不到廖小静了，打电话都没人接。我却觉得我好像一早就知道了这个消息。

这当然只是故事的一个插曲。但对于我来说，又究竟是不是只是一个插曲而已呢？我自己也想不明白。我只是偶尔会想，廖小静到底去了哪里？有一天她会不会再回来？也许过两天她玩够了就会回来了吧，回来后她云淡风轻地和所有人说，哎，也没什么大事，我只是去了海边，晒了两天日光浴而已。

发现廖小静失踪的当天，阿菜和谢雨霏的故事也在我这儿写下了"剧终"二字。那一天老张看起来备受打击，更加憔悴。要是毫不知情的人看了，倒要以为是他和廖小静之间起了什么猫腻。他在午休的当口，喊我去他家坐一坐。我进门就看见他家的铁艺茶几上已经摆了两个空酒杯了。他坐下，倒满一杯二锅头，拧着眉毛，自顾自地把酒吞了下去。我说，不打算给我来一杯吗？他摇头晃脑，嘿嘿笑了一下，你个小屁孩，喝个屁。他笑起来，仿佛当真有如此开心一般。我问他，那你没事摆两个杯子做什么？他说，家里就两个杯子，拿出来充充数。

我想了一会儿，还是决定戳穿他，我说道，是给阿菜准备的？我替我表姨父喝一杯，你觉得怎么样？

隔了好一会儿，他才抬眼看我，然后笑了，你已经知道这个事了？你姨妈告诉你的？

我说，我还知道你之前给我讲那些关于阿菜的故事，其实是用它们来检测我的脑电波活动。我说得没错吧？你根本不会平白无故给我讲故事的。你其实就是那种人，你做的每一步，早就是精心打算过的了，对吧？

他皱皱眉头，像是要哭，但还是忍了回去。他说，我不知道有没有人跟你说过你像他，我见你的第一面就觉得你是他了。但你们俩其实是没有血缘关系的，对吧？他是你表姨父，这么算下来，没有，对吧……

我觉得他已经喝醉了。我是懒得搭理一个醉鬼的。

但是过了一会儿他自己好像又醒过味来，说道，那个丫头也不会再回来了吧？她比我聪明多了，智商高。她已经知道了我们的项目注定是要失败了，你说呢？

这个问题却是我始料未及的。我本能地安慰他道，也可能没有这重意思吧？她没准儿只是想出去散散心，过两天就回来了也不一定呢？

他却说，我常想，如果在那个时候这个项目就停止了，是不是会好很多？

我问，什么时候？

他说，连阿菜都放弃了的时候。那个时候我就应该也跟着放弃了,对吧?从上学的时候起,他就比我学习成绩好,脑子聪明,泡妞也拿手。他都放弃了的事情,我为什么还要坚持下去呢?

我问,你是说,我表姨父的死是因为他想要放弃这个项目?

老张吸溜了下鼻子,说,三十一年了。我做同一件事,到现在已经三十一年了。从大三的时候我们就发誓要做这件事了。一件注定会失败的事情,我竟然坚持了这么多年,真可笑吧。说到这儿他竟然真的笑出了声。创伤记忆根本就没有办法改变,你说对吧?记忆不是静止存在于脑子里的,你知道吗?大脑为了记住一件事,可以动用很多很多的部分来存储记忆。也许这记忆今天还在这里,明天就变到另一处去了。

我说,为什么要做这个系统?为什么一定要做内核这个系统呢?

老张又闷了两口酒,隔了好久,才说话,后来谢雨霏成了我们团队的第一个病人。他说得很慢,根本不像是回忆过去,更像是在臆想看也看不见尽头的未来。不是志愿者,而是病人,她的监护人,好像是姑父姑母之类的,他们授权我们团队联合区精神卫生中心,使用内核技术对她进行治疗。

我问,怎么她病了吗,很严重? 是从什么时候开始生病的?

他说,大二那一年的暑假,我们和谢雨霏分别,约好了中间去她的家乡旅游。后来我们两个真的去了,可再见到她的时候,她就完全变了个样子。

我问,这中间发生了什么?

老张微微摇了摇头,像是已经去到了另一个时空。他说,如果我知道就好了……也许知道了,就能改变一点了……后来我们的第一代内核系统做出来了,谢雨霏就成了我们团队的第一个病人。我们在她的脑中注入了一只特别可爱的小兔子作为内核——当时我们专门找了古耳美术学院的老师来完善这只小兔子的图样。刚开始的时候,内核运转得不错。记忆虽然还是错乱的,但是从注入内核的第二个礼拜开始,她已经能给予我们一些正常的反馈了。比如,我问她,吃了什么,好不好吃?她会笑着点头,和我说"谢谢"。但她还是不太喜欢和人讲话,更喜欢坐在地上,拎自己的小兔子的耳朵玩。

我说,你是说拎兔子耳朵……

他自顾自说下去,一开始还好好的,后来不知道怎么了,她又开始拿塑料餐具伤害自己。

我问,所以内核在她身上失败了?我表姨父因为禁受不了这个打击,就选择了……

老张摇头,说,记不清楚了,就算可以,我也不想记住了。

我抢过酒瓶来,给自己倒了半杯来喝。酒入喉辛辣,入胃刺痛,一如人生。后来我换到沙发上坐下,不一会儿就眯着了。梦里重新见到黎喜雁的脸。她对我说话,声音却并不是她的,所以我推测那也许是谢雨霏的声音,是属于话剧演员的清澈而嘹亮的声音。她说,生命只有一次啊,生命只有一次。我明白她想对我说什么,然后我隐约记得自己被一声闷响给吵醒,像是从卧室里传来的,什么东西倒塌了的声音。我被吓了一跳,问老张,你卧室里还有人?他朝我摆摆手,说,怎么会,你是做梦了……

十一、鸿博夜聊

我和黎喜雁被蒙上双眼,坐上了前往鸿博的小巴车。通过声音来辨别，我推测后来吴雨天他们可能又接上了两三个人。但是这一路上谁也没有说一句话，也没发出任何动静，每个人都显得庄严安静，仿佛我们只是一群等待被超度的鬼魂。唯独行程过半，我感觉行驶方向绕来绕去，转得我一阵恶心。我生怕再次发生在廖小静朋友车上的那桩惨剧，我只好四下摸索起来，希望侥幸能在前排座椅背后的口袋里，找到个垃圾袋之类的玩意儿。我摸索了一阵儿，前面的人终于说话了，听声音是个年轻女孩。她说，你要找什么啊？我有点尴尬，连忙道歉道，不好意思啊打扰到你，我在找有没有垃圾袋。女孩不说话了，转而传来刺啦刺啦的声音，然后她轻声说，我这儿还剩一个捡狗屎的袋子，我不晕车，给你吧，左边。我便伸了左手，摸索着去接，不小心还碰到了女孩的手，软软滑滑的。我说，真是太谢谢你了。你养狗啊？然后女孩就不回答了，连呼吸的动静都没了，仿佛她从来都没有存在过，世界重新变成一道黑暗且安静的裂缝。

等到车子终于到站，我早已受够了晕车的折磨，站起身就要往外走。可是一双很大力气的手掌摁在我的肩头，把我压得重新坐了下去。那人说，你们再等等，还没到地方。说话的应该是吴雨天了，然后我听见，有一两个人被扶着下了车。后来车子重新启动，走了大概十五分钟，再停一次，又有一两个人被带了下去。最后一次停车，才轮到了我。我感觉自己像具干枯的排骨一样，被人架着胳膊才着了陆。眼罩摘下来以后，我发现四周仍然是漆黑一片，再扭头，看见老四正搀着黎喜雁往我这儿走。我大声问老四，这里是什么地方？吴雨天哪儿去了？他回答我，天哥在上一站还有点事要办，让我先送你俩过来。我又问，这里到底是什么地方，怎么荒郊野岭的？他用自己宽厚的熊掌，重重给了我后背一下，说，怎么傻了吧唧的你！这可不就是鸿博了嘛!

我和黎喜雁被安置在一间破落的乡间小屋中,四周净是荒漠,一点植物都不生。小屋虽然老旧,但好在宽敞明亮。从一层的石头楼梯上去,二层还有个天台。以前的主人在天台上晾晒了些许玉米,时间太久了,早都快风干成化石了。房间里基本的生活用品都齐全,只是没有电视或者电脑这些电子器材,倒是有一书架的图书,仔细看过去,应该都是黎喜雁感兴趣的题材。老四给我们介绍完毕,说,这房子还行,是特地给我嫂子留的,我天哥专门过来布置的!左边右边各一间大屋,左边的那间好很多,给我嫂子住,你小子识相点,懂吧?说完他拍了拍我的肩膀。我说,明白了,那你和吴雨天住在哪里?他说,哎,我们住不惯这地界——不过你放心,每周一次,我天哥会来看望大家,到时候有什么需求就说话,我们都尽量满足。

我再问,那我们平时的交通怎么办?可有公共交通工具?老四咧开歪嘴笑了,说,你小子想啥玩意儿呢?这地方要是来来去去随便进,那还用我和我天哥打点个什么劲?你打个车自己就能来了?我这才有点明白鸿博到底意味着什么。我接着刨根问底下去,你是说这个工业区是不对外开放的?那你和吴雨天怎么能带人进来?老四皱了皱眉头,说,反正我天哥有人脉,具体的你也别多问了,就在这儿踏实住着啊。

等到老四离开以后,我问黎喜雁,你跑到这种地方,和蹲监狱有什么区别?

她抬眼看我,神情显得很古怪,问道,你自己在路上不是也说过了,过不了两年内核技术就要大规模推广了,到时候你觉得还有哪里可能是净土？但是不管怎么样这里是不会变的，只要这个航天工程基地还在一天，鸿博就永远都是静止的。

我问她，你说的静止有什么好？人类社会也不是因为静止才走到今天的啊。

她玩味地笑了一下，说，如果你还关心人类，那确实不应该跑到这里来。

我有点生气，提高了调门，说，我不关心什么狗屁人类，我只关心你！你明天是不是还要去和那个吴雨天结婚？然后你就想把自己永远地囚禁在这里吗？

她说，如果你看不惯我，那你就趁早回去。你认为这样就是囚禁了自己吗，我却不这么认为。如果你说的"正常世界"就意味着连思考活动都要受一种所谓"高科技"的控制，那么我宁愿选择一种肉体上的局限空间。我虽然走不出这个地方，但是每当我仰头看见星星的时候，我知道自己就是看见了星星本身。

看见了星星本身，这句话从黎喜雁嘴里说出来可真美，她说这句话的样子也真美，美到我都不知该如何继续反驳她了，便只好从角落抻出个棉垫子，随地坐下。她也拿了个垫子坐到我对面。她说，你可以说我这种做法是一种逃避，也许当下以世俗角度来看，确实就是一种逃避。但是换一个角度，我同样也认为你们所做的事情是逃避。藏进一个由"科技"搭起的漂亮城堡里去，然后就连自我必经的痛苦与寂寞，都不用独自去面对了。回忆都变成了假的，人生也变成了假的。

我不知道为什么就开始痛哭流涕了。我哭了好一会儿，才说，可是有些痛苦真的有必要记住吗？记住了那些痛苦，人生真的就有意义了吗?如果你还记得的话,那天到底发生了什么?你能不能给我讲一讲,那天到底发生了什么?

黎喜雁点了一支烟来抽,一口烟雾吐出来,才娓娓说道,那大概是 2045 年的年中,我无意间在网络上注意到了一个民间组织,代号叫什么,我记不清了。只记得这个组织的成员每发布一些信息、言论,都会在最后加上一个花体大写的 A。至于里面的内容信息倒是没什么特别的。我完全是因为这些 A 才注意到了这个组织,后来我发现,这个组织的成员自己开发了一款手机应用软件,并且没有办法通过商店正常下载,而是必须由一个所谓的"中间人"进行引荐。你收到一封邮件,点开里面的链接,软件会被自动安装到你的手机上。乍一看那就是个普通的交友软件,可以聊天,也可以发布自己的实时状态,就和很多年前大家用的那种交友软件差不多。但是我当时问了我们单位一个男生,一个科技发烧友,他告诉我说,这个软件的加密系统设计得极其精巧,也并没有在官方公开发售,而是通过一种类似病毒的模式来进行传播。如果不是群组的成员,是无论如何都没有办法破解,看到里面人所发送的信息的。我费了一些工夫,才加入了这个所谓的 A 社团。我在里面待了将近一个月,并没有发现什么特别的地方,只是当时里面的人都很喜欢讨论一些有关最新科技的内容——你也知道,2045 年,正是各区科技试点最蓬勃的年份。我觉得无聊,都打算卸载软件算了。结果突然有一天半夜,我看到在古耳区推送的一条消息,被顶到了最热门的位置。这条消息的内容是一个高中男生,决定要直播自杀过程,向大众来征求死亡方式。自杀的原因也很奇怪,说是为了抵制即将推行的内核工程项目。

听到这里，我感到无比困惑，问她，你说的这些和我又有什么关系？

她说，当时这个男孩子还发布了一张自己的照片，站在一片挺漂亮的小池塘前边，穿着一身深蓝色的西服，是古耳某高中的制服，我以前见过有人穿。

我有点惊讶地说，我高中学校的校服就是深蓝色的，左胸前还有黄色的校徽。还有你说的池塘我好像也去过。距离我们学校不远，有一个人民公园，公园的正中央就是一片不太大的人工池塘，里面还养了几只绿头鸭子。可我并没有在那里照过相片。难道说照片里的那个男生是我的一个高中同学？

她接着说下去，然后我点进去这条消息，去看里面的评论。本来我以为在评论里我会看到许多救助的信息，劝这个男孩不要放弃生命，或者提供一些心理援助之类的。但是这些都没有。最多支持率的一条评论里写着(大概意思是)，我看你后面的池塘就很不错，在人民公园淹死自己，想想就很轰动。

我听到这儿，喉咙里开始觉得堵得要命，很费力才挤出一句话来，这个社群里的人岂不都是些杀人犯！

她说，然后又有其他评论在说，我去过这个池塘，就算你跳下去，水其实也只能淹到脚踝，想要在那里自杀根本不可能，除非有人帮他一把，有没有人自愿去帮他一把？接下来又有人回复，帮他一把倒也不是不行，只是公园附近人多眼杂，事成之后不易脱身，到时候说不清楚就糟糕了。再后面的人又接着回，我知道另外有一片野湖，坐公交车不到半个小时就能到。那里常年没什么人，周围又有一人高的芦苇遮挡着，只要完事之后赶紧离开现场，就不会有什么风险。

黎喜雁说,我当时做实习记者,自认为已经看过不少荒唐事了。但是像这个软件中,一群人合谋要杀掉一个高中男生的事情还是生平第一次见。我当时想把群里的对话都悄悄记录下来,但是我发现这个软件是可以屏蔽手机截屏功能的。只要你试图按截屏按键,软件就会自动弹出一条警示信息,告诉你再做一次,就立马将你踢出群组。于是,我就想用相机给拍下来。当我把相机镜头对准手机屏幕的时候,我真的被吓了一跳。当时界面上马上又弹出一个对话框,像是一个人在找我聊天一样,对话框里面写着,你想要做什么,我们都知道,不要做蠢事。我立马觉得自己的生活是被监控了,那种感受非常恐怖。所以后来我不得不放弃了截屏,只能偷偷自己把那些对话抄写了下来。

我问,所以这是一个诱导青少年自杀的小组?

她摇头,说,并不是。后来我又关注了两天这条帖子,发现那个男孩子最后决定就采用评论里最热门的方法,去那片野湖自杀。然后我在那条帖子的最新回复里,看见了一个用纯蓝色头像的人的发言。那个人说,我知道现在有记者朋友在看着我们,没关系,你现在想说什么,就都说给记者朋友听。我明白自己可能是暴露了。然后那个男孩很快就回复了这条评论,说,既然如此,我昭告天下,我将以自己的死亡来警示世人,科技带来的可能不是重生,而是永恒的毁灭。如果他们一意孤行下去,只会有更多无辜的生命选择死亡。

我觉得简直匪夷所思,我说,这都是什么玩意儿!这个男孩是走火入魔了吧!

她说,这个时候我才明白,可能这个组织最核心的诉求就是阻碍科技发展。换句话说,这可能是个反科技组织。

我心里想着这件事不可能和我有关系，继续听黎喜雁讲下去。

　　她说，在那个男孩子开始直播的当天，我就依据他暴露出的轨迹，一路跟他到了湖边。我想既然那些人已经知道了我是个记者，而且又没有将我怎么样，就是默许了我去报道这件事。我怕打草惊蛇，就没有跟其他人说，而是自己一个人去了。到了湖边，果然看见照片里的男孩子，并且他旁边还站了一个留披肩头发的男人。从穿着打扮来看，那男人不应该是个学生，但从年龄上倒是很难分辨。我远远看见那两个人先是站在那儿，说了一会儿话，然后那个留披肩发的男人把身上的夹克脱下来，给那个男孩子穿上。男孩子刚把两只袖子都整理好，还低着头的时候，那个留披肩发的男人突然后撤一步，从那个男孩子的背后，一下把他给推进了湖里。

　　我倒吸了一口冷气，问黎喜雁，你的意思是，那个直播自杀的男孩子就是我？

　　她很严肃地看着我，说，从照片上看的确是你——但是也许帖子并不是你发出来的。

　　我问，有人冒充我来发帖子，同时还要杀死我？

　　她说，我推测也许是这样。

　　我说，那他们图什么？我也没有钱。

　　她说，我刚才不就说过了，为了反对内核工程项目，他们想要制造一些有轰动性的新闻。

　　我说，但是还有另一种可能，我就是那个发帖子的男孩子，那个组织的成员之一？那个留披肩发的男人真的只是去"帮"我的？

　　她说，这我就无从得知了。那件事发生以后，那个手机软件很快就消失得无影无踪了。我后来把我知道的所有信息都告诉了警察。

但他们明令禁止我继续调查下去。我向我当时的组长报了这个选题，不出意料立马被"击毙"。后来这件事也没有在任何新闻中出现，整个过程都像是不了了之了。我一度怀疑这件事也许只是我个人的幻觉。直到我在法庭上，第一次看到了你。我觉得你长得太像那个男生了，但是我又不敢确认，毕竟你看起来也记不得我了，而且还是在为内核设计院他们服务。直到……

我打断了她，直到我私下找你，说要救你，你才确认了，我就是那个高中生？

她笑了，说，确实是这样。

我说，我怎么什么也记不起来了？

她说，那你就只当是我给你讲了一个故事吧。

我看着她的眼睛，问道，你没有骗我？

她耸耸肩，很无所谓地说，也许有，也许没有。

我想了一会儿，说，没准儿我以前真是一个彻头彻尾的反科技者。

她肯定了我，嗯，没准儿。

尾声

　　2050年寒假来临的时候,我如同一只离群的候鸟,孤身飞到了南方去避寒,住在一所不那么高级,但也绝算不上寒酸的连锁酒店里。我每天坐二十分钟公交车,前往公共沙滩去看海。我早上八点就出门,在海滩上一待就是一整天,直到下午六点才回到市区吃饭。绝大多数的时间里,我拿一条浴巾铺起来,四仰八叉地躺着,听海浪的声音。有时候我会想象着自己已经被温暖的潮汐卷入腹中,仿佛那潮汐是我多年未见又过分热情的老友一般。有时候我会看海鸟在天际翱翔。但更多的时候只有探头探脑的海鸥,鬼鬼祟祟地从我眼前经过,索要食物。我有点怕它们,只好赶紧翻身起来,朝它们尴尬地笑笑,好在它们便知情识趣地走了。更偶尔,我也连带着看看海边穿比基尼的女孩——横竖看了也没什么负担,她们穿得好看也从来不是为了让我来观看。将近正午的时候,一排高大的椰子树的阴影正好投落到沙滩上,女孩们便马上都躲藏到了阴影之中。我只有在这个时候会想起廖小静来,想着她会不会也来到了这样的南方?在正午到来的时候,像只鬼鬼祟祟的海鸥一般,大叫着赶紧藏到椰子树的阴影里去。

　　我因为想要快些完成这一篇说长不长、说短不短的小说，每天泡在图书馆里写稿，自然而然错过了今年冬天的司法考试。这件事很难和我表姨妈解释清楚。一说起这件事，表姨妈就好像马上变身成一只唠唠叨叨的鸽子一般，只会咕咕咕地叫个不停。我只有躲得越远越好，远一点，才能把小说的"后记"补充完整。说来可笑，自从遇见黎喜雁以后，我开始感觉自己身边的女人几乎都可以用禽类来类比。廖小静是探头探脑、机灵鬼祟的海鸥。表姨妈是咕咕叨叨的鸽子。黎喜雁当然是大雁，不过说是孔雀也可以，她的脖子又长又美丽，仰起头来也显得骄傲得很，但她太过漂亮，以至于显得有毒，随时随刻都摆出一副好像要叨瞎你眼珠子的架势来，让人难以靠近，却又不得不靠近。唯独表嫂是个例外，即使再见到她的时候，她小小的圆脸都快瘦脱了相，我也无法用某种禽类来形容她。她好像仍然是一株安静生长的植物，永远都能结出温暖又美丽的果实来。

　　表嫂后来重新找了工作，从表姨妈家里搬了出去。临走的那天表姨妈和表哥毫不知情，还是照常去上班。只有我留下来，帮她搬了家。其实除了那只我早就见过的黑色硬壳行李箱之外，她明明什么东西也没有拿走。但不知道为什么，她住过的卧室好像在一个瞬间就变回我记忆里独属于男孩子的模样。表哥的赛车和机器人模型趾高气扬立于书架之上，重新大放异彩。我心中甚至模模糊糊复现了小时候才有的感觉：我多想把这些玩具全部据为己有，收藏到一个只有我自己才知道的黑暗山洞里去！我才明白原来一个人的离开，是可以连带着把一段时光也一并抽走的，和我们食用羊蝎子都没什么区别，骨髓都被吸干了，只留下空空荡荡的骨壳摆满桌子。

其实我来到南方还有另一个原因:听表姨妈说老张的老家就在这里附近的县城。我很难想象老张小的时候其实是泡在温暖的海水里长大的。很难想象守着海滩落日长大的小孩,怎么会生出一副如此严肃又古板的脸庞?但仔细想想这么评价他好像也不公允。如果事情真如他自己所说一般,他是为了个喜欢的女孩而默默坚守了三十年。他又何尝不能算是众生之中浪漫至极的一个?在廖小静离开后的不久,老张也请假离开了古耳区。我有一种感觉,他也许是回到了自己的家乡。于是每天坐在海边发呆的时候,我偶尔也幻想会不会就此碰上同样在发呆的老张呢?当然即使我再也见不到他了也无所谓,只要我把这篇小说寄给他看,他就什么都懂了。所以我要快些写完最后的部分。

晚上九点公交车停运,我也就不再出屋了。好在房间里有个露天的阳台,我抬起头便能看见天上的星星。我直到现在还对那句话念念不忘。现在我孤身一人,快要被孤独与寂寞吞没,黎喜雁这样我就算是真的看到星星了吧?你说呢?不过比起星星,我如今反而更常想起另一句话来。如果你还关心人类。如果我还关心人类。很多时候,当我想起这句话的时候,总会有粗鄙无礼的鸟类冲着我的脸庞大叫起来。它们是因为听到了"人类"二字的奥妙与渺小,才非要过来探个究竟吗?还是它们其实早已得到了那些我百思也不得其解的答案?索性我不想了,想得太多只剩下心烦。

夜里不到十二点,我喝了啤酒准备睡觉。梦里我总会去到我还在鸿博的那个晚上。我想可能是因为黎喜雁早就回到了那里,我的心便也跟着回到那里去。那天晚上我没有洗脸也没有刷牙,把灯光熄了,和衣而卧,世界一片漆黑,一丝光亮都没有。我睡不着觉,睁眼躺着。过了一会儿，黎喜雁抓着黑暗的绳索，摸进了我的房间。她在我身旁很窄小的位置里，面朝我挤着躺下来。我才发现她的身上一点味道都没有，连呼出的气息都是冷的。我伸出胳膊给她做枕头。她没有任何惊讶，只是蜷了蜷腿，彻底缩到了我的怀里。这样一直到天快要亮。天亮以后我对她说，如果你想，我就永远留在这里。她说，这一切都不是真的，忘了最好。说完这句话，她便马上坐起来，离开了我的房间。

这一切都不是真的，忘了最好。

这句话有可能是带着某种咒语被说出口的。从那以后，我的记忆真的有如岸边的枯树，叶子很快就掉落得不成样子。我根据那些回忆出现的顺序，将它们如实记录下来，每写下一笔，那一笔便从我的脑中坠落，沉入水中。当我如今再度回看这篇小说的开头，我发现自己已经几乎记不清楚，那是曾经真实发生在我身上的事，还是纯粹虚构的了。说到这里我又不禁想起了你——老张。有没有一种可能，如此才是问题的最终答案呢？我只能说到这里了，至少你和阿菜并没有以失败告终。夜已经深了。今天为了写完最后这些专门给你的话，我熬了个夜。但是熬不了太久，因为我明天早上起来还有海浪要听，还有海鸟要看。等我都听烦了看腻了我便回到古耳区，希望那个时候能够见到你。

2050 年 12 月 23 日